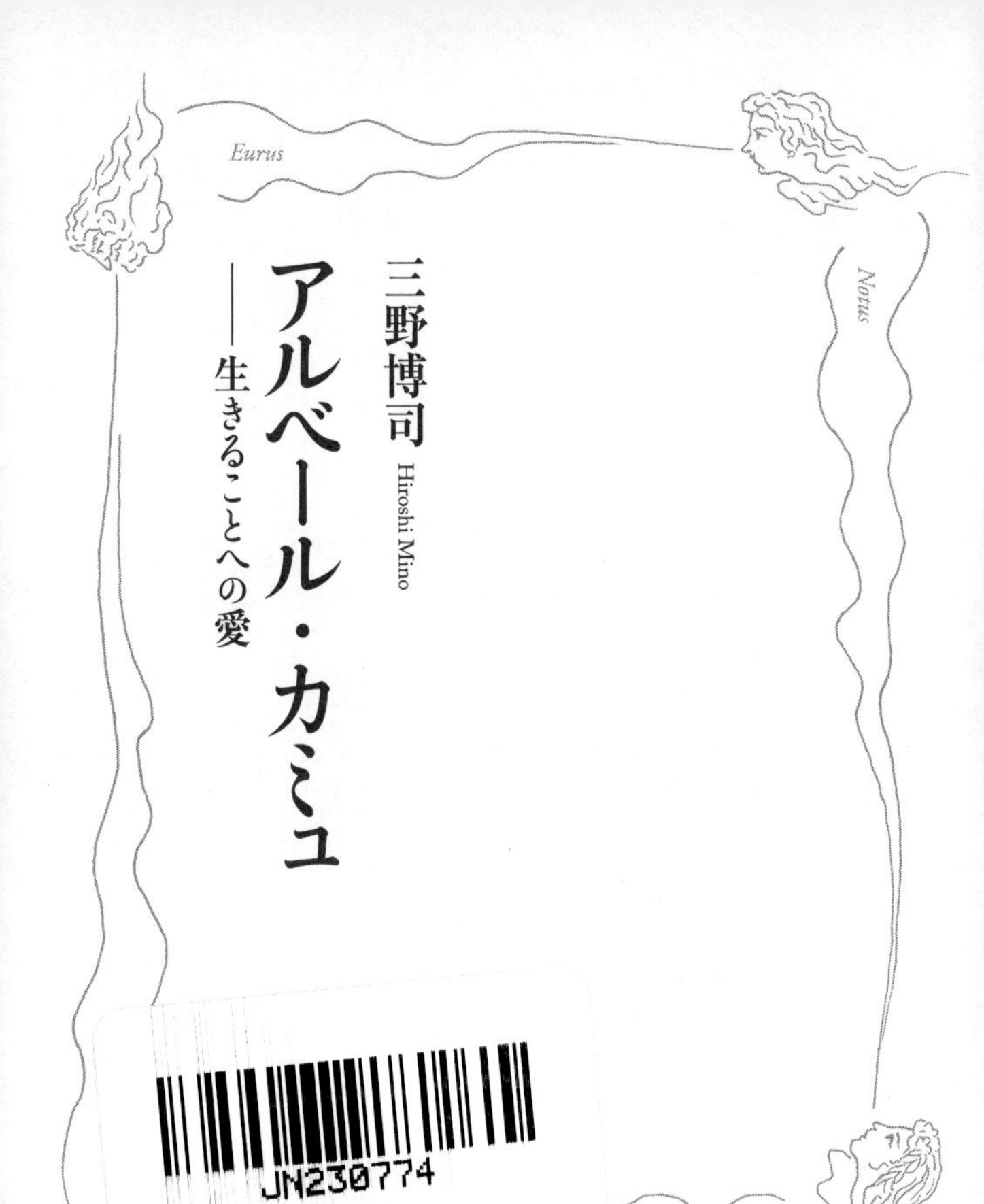

アルベール・カミュ

——生きることへの愛

三野博司
Hiroshi Mino

岩波新書
2035

はじめに

一九五七年一二月一〇日、ストックホルムで開催されたノーベル賞授賞式の演説において、アルベール・カミュは次のように述べた。

それぞれの世代は、おそらく、世界を作り直すことが自分たちの義務であると信じています。しかし、私の世代は、世界を作り直すことはあるまいと知っています。ただ、その任務はもっと大きなものでしょう。それは世界が崩壊するのを防ぐことなのです。

それから六七年を経て、いまや「世界の崩壊を防ぐこと」は、今日を生きる全地球人の任務となっている。カミュが強い警告を発した全体主義の脅威は、一九八九年ベルリンの壁の崩壊によって一時代を終えたが、今日新たな姿で世界に広がっている。広島の原爆投下直後にカミュは機械文明が究極の野蛮状態に達したと断言したが、核の脅威は無際限に拡散し増大している。カミュが心を痛めた政治的殺人や処刑、テロリズムが地球上から消えてなくなるきざしはまったくない。そして、二〇二〇年一月から世界を襲ったパンデミックは、カミュが『ペスト』で描いたものよりはるかに大きな規模で、いまもなお私たちに苦しい闘いを強いている。

カミュが生きたのは、二つの世界大戦、大量殺戮、強制収容所、核の脅威、イデオロギーによる抑圧、憎悪とニヒリズムの時代であった。一九一三年に生を享けた彼は、生後一年もたたないうちに第一次大戦によって父を奪われてしまう。庇護者を失った子どもは、アルジェの貧民街で少年時代を過ごし、一七歳のときには、当時まだ治療薬のなかった結核を発症して死を覚悟した。病気との闘いはこのあと生涯続くことになる。第二次大戦が始まると、レジスタンスに参加してナチズムと闘い、反抗と連帯の価値を見出すが、戦後は対独協力者の粛正をめぐって、殺人と正義の問題に直面する。東西冷戦の時代には、歴史を絶対視する思想と左翼全体主義を批判して、パリの知識人のなかで孤立を深め、さらに五四年から始まった故郷アルジェリアにおける独立戦争は、彼の立場をいっそう困難なものとした。そして六〇年、突然の自動車事故が四六歳の命を奪った。

カミュが闘ったのは、病気、死、災禍、戦争、テロ、殺人、全体主義であった。それに対して、彼は一貫してキリスト教や左翼革命思想のような上位審級を拒否し、超越的価値に依存することなく、人間の地平にとどまって生の意味を探し求めた。カミュは自身の作品を、『異邦人』(一九四二年)に代表される第一の系列「不条理」、そして『ペスト』(一九四七年)に代表される第二の系列「反抗」の二つに分けた。「不条理」の系列の主題は、絶対的価値の失われた時代にあって、死の定めのもとにある人間の姿を描くことだった。「反抗」の系列の主題は、歴史の名のもとになされる抑圧と殺人の拒否だった。『異邦人』の主人公ムルソーが直面した生の不条理は、人間にとって永遠の課題である。『ペスト』の主人公リユーと仲間たちが示した反抗は、普遍の価値を保ち続けている。

またカミュは早くから「不条理」「反抗」の先を見据えていた。「愛」を主題とした第三の系列の作品は、彼の急逝のため、未完成の遺作『最初の人間』だけが残された。だが、「不条理」以前の作品にすでに「愛」が語られている。彼は、一九三七年、二三歳のときにアルジェで初めて出版したエッセイ集『裏と表』のなかで、「生きることへの絶望なくして生きることへの愛はない」と書いた。闘病のためつねに死と対面することを余儀なくされた彼は、生に対する強烈な「愛」を抱き続けた。カミュの作品を初期からつぶさに見れば、そこには一貫して

「愛」の主題があることがわかる。それこそが不条理や反抗の基盤にあるものだ。

時代の苦難とともに歩んだカミュであるが、その短い生涯を通じて、彼は自分が生まれ育ったアルジェリアの太陽をこよなく愛し続けた。「貧困は、私には、けっして不幸ではなかった。そこには光の富がまきちらされていたからだ。私の反抗さえ、その光に照らされていた」(『裏と表』序文)。不条理も反抗も、この光の記憶に照らされている。「私は光のなかで生まれたのであり、この光を否認することができなかった。だがまた、同時代のもろもろの責務を拒否しようとも思わなかった」(「ティパサに帰る」)。世界の美があり、そして人間たちの苦しみがある。カミュはその両方に忠実であろうとした。

ノーベル賞受賞時にスウェーデンでおこなった講演「芸術家とその時代」において、彼は、芸術の偉大さは、「美と苦しみ」「人間への愛と創造の狂熱」「拒否と同意」、こういったものの「絶えざる緊張関係」にあると述べた。

カミュを読むとは、この緊張関係に身を置くことである。

目次

パリ
サン=ブリユー
フランス
リヨン
ル・パヌリエ
リル=シュル=ラ=ソルグ
ルールマラン
スペイン
地中海
アルジェ
ティパサ
ジェミラ
モンドヴィ
チュニジア
オラン
アルジェリア
モロッコ

第１章

アルジェリアの青春
――「節度なく愛する権利」

ティパサの廃墟

1 貧民街の少年

誕生と父の戦死

フランス人の両親から生まれ、フランス語で書いた作家アルベール・カミュは、一九五七年のノーベル賞受賞時の記念演説から個人的な手紙に至るまで、生地アルジェリアへの変わらぬ愛と忠誠を表明し続けた。

アルジェリアを含む北アフリカには、古来ベルベル人と呼ばれる先住民族がいたが、七世紀にアラブ人が進出しイスラム化が進んだ。その後、アルジェリアは一六世紀以降オスマン帝国の支配下にあったが、一八三〇年、フランスにより植民地化された。四八年には、北部アルジェリアに三県(アルジェ、オラン、コンスタンティーヌ)が置かれ、これらはフランスの植民地のなかでも重要な位置を占め、本国と同等に扱われた。

アルベール・カミュの父であるリュシアン・オーギュスト・カミュは、ボルドーからの入植者の三世にあたる。彼は、一九〇九年アルジェにおいて、スペイン人の家系の出であるカトリーヌ・エレーヌ・サンテスと結婚した。一三年春、勤め先のワイン仲買会社から命じられて、リュシアンはチュニジアとの国境に近い東部の町モンドヴィ(現ドレアン)に単身赴任する。秋になると、身重の妻が三歳の息子リュシアン(父と同じ名前)と一緒にやってきて、一一月七日、次男のアルベール・カミュが生まれた。

翌一九一四年七月二八日第一次世界大戦が勃発すると、父リュシアンは歩兵隊に動員され、ヨーロッパ戦線で任務に就くため、生まれて初めて本国へ渡ることになった。カトリーヌは、二人の子どもを連れて、アルジェのリヨン通り一七番地、自分の母のもとに身を寄せる。粗末で狭い家にはカトリーヌの二人の兄弟(アルベールにとってのおじ)も同居していた。九月、アルベールが生後一一か月のとき、父リュシアンはマルヌの会戦で頭に砲弾の破片を受けて、フランス北西部のブルターニュ地方の町サン＝ブリユーにある軍事病院に入院したが、一〇月一一日、二八歳で死亡する。

夫の戦死後、カトリーヌは、家長として権力をふるう母のもとで二人の息子、リュシアンとアルベールを育てることになる。読み書きができなかった彼女は、生計を立てるために近所で家政婦の仕事に従事した。一九二一年、アルベールが七歳のとき、一家はアルジェの中心部から離れた下町、ベルクール地区のリヨン通り九三番地に転居した。

母親の沈黙

少年時代のカミュに関して特筆すべきことは、母との関係である。家の中では祖母がすべてを取り仕切っており、耳が遠くて沈黙しがちの母は、息子に対して十分な愛情の表明もできなかった。のちに作家を志して習作を書きためていたころ、カミュはこの貧民街の母と息子の物語こそが書くべきことの中核にあると直覚していた。一九三五年五月、二一歳のときから、彼は創作ノートや日記としての性格を有する『手帖』を書き記していたが、その冒頭には次のようにある。

> ぼくの言いたいこと。
> ひとは——ロマン主義的心情をもたずに——失われた貧困に対する郷愁を感じることがあるということ。何年間か惨めな暮らしが続くと、それだけでひとつの感受性を作り上げるのに十分だ。このような特別な場合には、息子が母親に対して抱く奇妙な感情が**彼の感受性全体**を形成する。（強調原文）

この「奇妙な感情」は初めてのエッセイ集『裏と表』(一九三七年)で描かれ、その第一篇「皮肉」には、三人の人物があらわれる。家族の会話を専制的に支配する祖母、この祖母の前でまったく無力な母親、そして自分の心をいつわって嘘をつくことを強いられる子どもである。祖母は訪問客があると、孫に向かって、「おまえは、お母さんとおばあさんとどっちが好きかい?」とたずね、「おばあさんさ」と答えさせるのを歓びにしていた。そのとき、子どものほうでは、「いつも押し黙っているこの母親を愛しいと思う気持ちがどっとほとばしった」。

こうして子どもは嘘をつくことの苦しさを早くから知る。作家となったカミュは嘘を弾劾し続けるだろう。彼は「嘘をつかない」ことで処刑される男を主人公とした小説『異邦人』を書くことになる。

だがもし反対に、彼が母親と二人きりであれば、嘘をつかずに自分の愛情を告白できるかもしれない。『裏と表』の第二篇「肯定(ウィ)と否定(ノン)のあいだ」では、暗闇のなかで椅子にすわってうなだれ、周囲に関心を示さないでいる母を前にした子どもの狼狽が描かれる。「だが、彼は、この動物のような沈黙を前にしては、泣くこともできない。彼は、自分の母に憐れみを感じる。それは、彼女を愛しているということなのだろうか?」。母親の無関心の前で、彼は自分がよそ者であるかのように感じ、自分の苦痛を意識する。やがて祖母が帰ってきて、普段の生活がまた始まる。「だがいまは、この沈黙は時間の停止を、並外れた瞬間を刻んでいる。こうしたことをぼんやりと感じ取ると、子どもは自分をとらえる高揚感のなかに母親への愛を感ずるように思うのだ」。祖母による圧制のもとで、母親に対する感情の自由な吐露さえも禁じられていた少年は、この特権的瞬間に母親への愛を感ずるように思う。とはいえ、「彼の母親は相変わらずその沈黙を守り続けるだろう。彼は苦しみながら成長していくだろう」。母親の沈黙はいつまでも謎として残り、子どもは母に対して奇妙な感情を抱き続けるのである。カミュは、言語と沈黙の関係を通じて、この謎と困難を文学の次元へと展開していく。この母と息子の関係の複雑で両義的な関係に光をあてて解明することが、カミュの文学の出発点であった。

父の代理人

いくつかの作品において、母と息子の物語を繰り返し描いたカミュだが、そこにおいて父はつねに不在である。先にも引いた「肯定と否定のあいだ」では、「ぼくが父さんに似ているってほんとうなの?」と息子がたずねると、母親が「ああ、そっくりだよ」と答える場面がある。だが息子は「父についてはなんの思い出も、なんの感情ももっていなかった」。

いちばん初めに父のいない少年カミュを支援したのは、小学校時代の恩師ルイ・ジェルマンである。彼もまた第一次大戦に出征したが、みずからは生還すると、同じ戦争で父を亡くした子どもたちに目をかけた。遺作となった自伝的小説『最初の人間』(一九九四年刊行)では、「生徒たちに恐れられると同時に敬愛される」、熱意ある教育者として描かれている。家庭が貧しく勉学の継続が困難であったアルベール少年だったが、ジェルマンの強力な後ろ盾を得て、リセ(当時は中学校と高等学校の両課程を含んでいた)へ進学することができた。一九五七年、カミュはノーベル文学賞の受賞演説をジェルマンに捧げ、また彼に宛てた手紙で感謝の気持ちを伝えた。「受賞の知らせを受けたとき、私は最初に母のことを、次にはあなたのことを考えたのです。あなたがおられなかったら、貧しい少年だった私に差しのべられたあなたの愛情に満ちた手がなかったなら、あなたの教えとお手本がなかったなら、これらはすべて生じ得なかったことでしょう」。文化資本のない家庭環境にあったカミュを育てたのはフランス共和国の学校教育であり、そこで出会った教育者であった。カミュは生涯ジェルマン先生への敬愛を抱き続けるのである。

図1　サッカー少年時代のカミュ（前列中央）

グラン・リセのサッカー少年

一九二四年、カミュは、当時グラン・リセと呼ばれていた学校（四二年にリセ・ビュゴーと改称。六二年のアルジェリア独立後はリセ・エミール・アブデルカデル）に進学した。校舎はアルジェの北岸地域、バブ＝エル＝ウエドにあった。カミュの住むベルクール地区は町の南部にあり、通学のときには湾と丘にはさまれた町を南から北へと市街電車で通り抜けた。

リセに入ったカミュは、サッカーに興じ、ゴールキーパーとして活躍した（図1）。一九五三年、彼はアルジェのサッカー・クラブの機関誌に一文を寄せ、リセ時代を回顧してこう述べた。「私はボールがけっして予測したところからはやってこないことをすぐに学んだ。このことは、その後の人生で、とりわけ人心に表裏のあるフランス本国で生きていくのにとても役立った」。当時、パリの複雑で奇怪な人間関係に疲れていたカミュは、サッカー少年だった時代を懐旧したのだ。

植民地化一〇〇周年にあたる一九三〇年、アルジェリア各地で大規模な祝祭が開催された。

インドシナからシリア、レバノン、チュニジアやモロッコ、西部・中部アフリカに広がるフランス植民地帝国はその絶頂期にあった。この年の秋、カミュはリセの最終学年である哲学級に進み、そこでジャン・グルニエ(一八九八―一九七一)と出会うことになる。カミュとの年齢差は一五歳。生涯の師であり年長の友であった。フランス北西部のブルターニュ地方で少年時代を過ごしたグルニエは、ナポリのフランス学院で教鞭をとったあと、三〇年から三八年までアルジェのリセおよび大学で哲学を教え、そこでカミュを指導することになる。

結核を発病

一九五九年のインタビューで、カミュは「一七歳のころ私は作家になりたいと思ったのです」と語っている。ちょうどその一七歳になってすぐ、三〇年一二月、人生の転換を画する事件が起こる。最初の結核の発病がカミュを襲い、サッカー選手になるという夢も、教職に就くという望みも打ち砕いた。戦争孤児であったため医療費は無料となり、アルジェで最大規模のムスタファ病院に入院できた。退院後自宅に戻り、病床についていたある日のこと、ジャン・グルニエがタクシーでベルクール地区にやってきた。リセの教師が生徒の家を訪問するというのはまれなことだった。グルニエは秋の新学期当初からカミュに注目していたのだ。ただ訪問した教師が目にしたのは、予想もしていなかった貧しい住居だった。カミュは、二〇年後にグルニエに宛てた手紙のなかでこの訪問を振り返って、そのとき「気後れと感謝で息を詰まらせるほどだった」と語っている。

ストレプトマイシンの発見は一九四三年であり、カミュが発症した当時結核は死をもたらす病であった。後年、五八年、質問に答えて、カミュは最初に結核と診断されたとき、「死ぬかもしれないと思いました。何度も喀血したあと、医者の表情からそれを読み取ったのです」と述べた。結核は、生涯にわたってカミュを死に直面させることになるが、彼はこの死の威嚇と闘い、まるで生き急ぐように、生への渇望、幸福への希求、執筆への意欲を倍加させていく。ジャーナリスト、演劇人、作家として、多様な社会的、文化的、政治的活動において、驚くべき活力を示すのである。

2　習作から最初の出版へ

書物との出会い、グルニエの導き

少年時代、カミュの家にはまったく本はなかった。のちに彼は、「私の周囲ではだれも文字を読むことができなかったのです」と語っている。彼が書物の世界と出合うのは地区の図書館や学校、そして母方の叔父ギュスターヴ・アコーの家においてだった。アコーはアルジェで肉屋を営み、豊かな暮らしをしていた。読書家であり、ヴォルテールの愛好家であるこの叔父が所蔵する多くの書物がアルベールの読書欲を満たした。少年期のカミュは、バルザック、ユゴー、ゾラ、アナトール・フランス、アンリ・ド・モンテルラン、アンドレ・マルローなどを読んだ。

一七歳で結核に罹患したあと、カミュはリヨン通りの家を出て、アコー宅で、栄養のある食事をあてがわれた。子どものいないアコー夫妻はアルベールをかわいがった。自分の部屋を与えられ、叔父が所蔵する本やレコードに日常的に接する機会を得た。一九四六年にアコーが亡くなったとき、カミュはジャン・グルニエ宛ての手紙にこう書いた。「彼は、父親とはどんなものであるかを少し私に想像させてくれたただひとりの人でした」。

結核の治療のため一年間休学したカミュは、一九三一年秋、リセに復学し、ジャン・グルニエに再会する。翌三二年、グルニエは、カミュに一冊の本、アンドレ・ド・リショーの小説『苦悩』を貸し与える。のちにカミュは、その出合いをこう語った。「それは、母親だの、貧苦だの、空の美しい夕暮れだの、当時の私が知っていたことを語ってくれた最初の書物だった」。

彼は「書物がただ単に忘却や気晴らしを与えてくれるものではない」ことを知ったのだ。彼の「かたくなな沈黙」や彼を取り巻く「奇異な世界」、それらすべてが「言い表しうる」ことを彼は発見した。実際には、『苦悩』の物語は当時のカミュの置かれた境遇とはさほど共通点はない。しかし、文学の素材を遠くに探し求めなくとも、自分自身について語ることができるという発見はカミュを勇気づけた。あとはどのように語るのか、その手本となる書物との出合いを待つだけだった。

一九三二年秋、高等師範学校受験準備クラスに入ったカミュは、引き続きジャン・グルニエの指導を受ける。翌三三年にはグルニエの哲学的エッセイ集『孤島』が刊行された。五九年、『孤島』新版に寄せた序文のなかで、カミュは初めてこの書物に出合った二〇歳のときを回想している。太陽や海の恵みに魅惑されていたカミュと仲間たちにとって、北の国からやってきたグルニエの書物は「魔法の呪縛から脱するための手ほどき」となった。「私たちは文化を発見したのだ」と彼は語る。グルニエの著作は、カミュを決定的に文学創造の世界へと導き入れることになった。「『孤島』を発見したころ、私は何かものを書きたいと望んでいたと思う。しかし、本当にそうしようと決心したのは、この本を読んでからのことである」。

雑誌を発行

これらの書物との出合いに促されて、カミュは執筆活動を始めることになる。一九三一―三二年、リセの最終学年の生徒たちはジャン・グルニエの指導のもとで、雑誌『南』を発行した。ここに掲載された六篇のエッセイが、カミュの署名が入った最初の印刷されたテクストとなった。そこでは、作家になりたいと望むカミュが、詩人を論じ、哲学的考察を展開し、音楽について語りつつ、自分の文体を探し求めている。

続いて、一九三二―三四年、カミュは、アルジェの学生組織が発行する『アルジェ・エテュディアン』に、八本の批評文を発表した。彼はとりわけ芸術を論ずることに力を注ぎ、詩、音楽、絵画について考察している。

この他に、カミュは未発表の草稿を書き残した。しばしば未完のまま放置されたそれらは、先の二つの雑誌に発表された評論よりもはるかに内観的で抒情的なテクストであり、みずからのアイデンティティを探し求める若い魂の不安と熱情が表白されている。

さまざまな試みを経て、やがてカミュは、貧民街と自分の家族を描いた物語群に取り組み、これこそが作家カミュの誕生に重要なものとなった。彼はベルクール地区の固有名は出さずに（ベルクールが初めて使われるのは遺作となった『最初の人間』である）、「貧民街（quartier pauvre）」

という呼称を繰り返し使うが、そこには、アルジェの実在の地区を越えて、貧苦の象徴的な記号として、いっそう広い概念をもたせようとの意図が感じられる。「貧民街」の物語は、一九三三―三五年におびただしい数の草稿が書かれ、芸術と現実との可能な関係の模索、新しいエクリチュールの探求が続けられた。カミュは、同じテクストについて複数のバージョンを書き残し、また同一テクストをあちこちで使いまわしている。さまざまな物語がたがいに入り組んだそれらは、彼が自分の語りのスタイルを発見するまでの数年間にわたる困難な試みを示している。未発表のまま残されたこれらの断片的な草稿は、やがて最初の著書『裏と表』へと収斂していくが、同時に『幸福な死』(一九七一年刊行)や『異邦人』(一九四二年)にも素材を提供するものとなった。

作品世界の源泉、「ルイ・ランジャール」

「貧民街」の物語の草稿のなかに、一九三四―三六年に書かれ、ルイ・ランジャールという主要人物によって統一された一連のテクストがある。カミュはこの最初の小説の試みをけっして他人にほのめかすことはなかったが、そこには、カミュ文学の核となる主題がいくつもあらわれている。

「ルイ・ランジャール」は、それまでに書かれた未発表のテクスト「貧民街の声」や、あとに続く『裏と表』との重複が多いが、ただ他には見られない独自の断章も含んでいる。ここではカミュの結核体験が直接的に表明されており、彼は、みずからが体験した死の宣告とそれにともなう恐怖をルイに託して表現しようとしている。「彼の病気がもっとも重くなったとき、医者はもう恢復の見込みがないと暗に宣告し、彼はそのことをいささかも疑わなかった。しかも死に対する恐怖が彼にとりついて離れなかった」。その後、カミュは自分の病気についてこれほどあからさまに書くことは控えるようになる。

ルイが重病のとき、母は驚くような「無関心(indifférence)」を示す。だが、彼はそのことで母を責める気持ちにはならない。「暗黙の了解が彼らを結びつけていた」。息子もまた自分の内部に同じ無関心があるのに気づくのだ。「彼は、彼女が死ぬのを一度も恐れたことはなかった。このようにして彼は、自分自身の無関心を説明していたのだ」。少年も母親も、相手が死ぬことを恐れていなかった。彼らは、相手が病気のときにも気遣うことなく、おたがいに無関心を保ち続けた。この無関心の共通性を認めることのなかに、二人の絆の保証があった。母と息子のこの不思議な絆、この主題は以後の作品においても変奏されてあらわれてくるだろう。

「ルイ・ランジャール」の最後の断章草稿は、それまでの三人称体の小説のスタイルとは異なり、母への呼びかけの形をとる。その冒頭で語り手は、「これらすべては不条理(absurde)なのです」と語りかけたあと、病気の自分を死刑囚にたとえてこう言う。「彼〔死刑囚〕はごまかしません。彼は自分が〈社会に負債を返す〉のではなく、首を斬られるのだということがよくわかっています」。語り手は、新聞が報道する死刑囚のような平静を保とうと努めるが、動揺を抑えることができない。

ぼくは愛というものの存在を信じたし、愛と信念はひとつのものだと信じていたのです。ぼくはいまでは、本当の生活とは健康であり、身体がものごとを知る手段だということを知っています。もういまでは、精神の安定を取り戻すことができません。お母さん、ぼくは不幸な男です。激しい情熱がぼくにとりついていたので、いまでは不条理ということが何なのかがわかるのです。

カミュにとってきわめて重要であると同時に切り離しがたい二つの主題、「死を宣告された男」と「不条理」が、一七歳のときの結核体験から生まれたことが明らかである。それまで人生に対して愛と信念を抱いていた主人公は、いまでは不条理が何であるかを知る。生きることへの愛が強烈であるだけに、この不条理の意識も深い。

　この断章の半ばでは、母における「心の無関心、魂の無関心、身体の無関心」が強調されたあと、語り手は町の高台に上り、そこから眺める町と空、そして太陽の光を前にして母に語りかける。「お母さん、知っているでしょう、ぼくの青春のすべてはここに、太陽が輝く時間のなかにあるのです」。このような高所から俯瞰する光景は、今後もカミュの作品に繰り返しあらわれるだろう。そして世界を前にしていることと、母を前にしていることとが等価となる。「いまぼくは理解したのです。ぼくに残されたのはただ現在の時だけだということを。ぼくたちの王国は、ああ、この世にあるのです」。みずからの病気と死刑囚の運命、人生の不条理について考察したあと、語り手は太陽の光のなかに現在時の王国を発見する。若きカミュにとっての重要な主題である「死刑囚」「不条理」「無関心」「現在時」「この世の王国」が順次提示される「ルイ・ランジャール」は、断片的草稿のままに残されたが、のちの作品を生み出す沃土（よくど）となった。

演劇と政治の世界

カミュは生涯美しい女性に惹かれ続けた。最初は、友人の詩人マックス＝ポル・フーシェの恋人であったシモーヌ・イエ(図2)であり、彼女はアルジェの上流階級に属する眼科女医の娘であった。カミュは魅力的なシモーヌと付き合い始めるが、この派手で浮気な娘との交際には、叔父のアコーが反対した。一九三三年七月、カミュは叔父の家を出て、そこから放浪生活が始まることになり、兄リュシアンやアルジェ市内の友人宅などを転々とした。病気のため高等師範学校を目指すことを断念した彼は、同年一〇月、アルジェ大学に入学し、そこで哲学教授ルネ・ポワリエの指導を受けると同時にふたたびジャン・グルニエに師事することになる。三四年六月一六日、二〇歳の彼は一九歳のシモーヌと結婚し、資産家である義母の援助によって、アルジェの高台にある豪華なアパルトマンに新妻と一緒に住むことができた。

図2 シモーヌ・イエ

一九三五年六月、哲学の学士号を取得したあと、九月、カミュは共産党に入党する。一九三〇年代のヨーロッパにおけるファシズムの台頭以来、フランスでは反ファシストの運動が展開され、アルジェの若者たちもそれに共鳴した。すでに共産党員となっていた友人の熱心な勧誘やジャン・グルニエの慫慂(しょうよう)がカミュの入党を促した。彼は共産党の指導下で劇団「労働座」を立ち上げる。リセ時代に興じたサッカーと同様、芝居の上演もまた仲間と一緒に活動することの歓びを彼に教えた。しかも結核のためあきらめざるを得なかったサッカーと異なり、演劇活動は生涯続き、のちの失意の時代にも彼を支えることになる。五八年、インタビューに答えて、カミュは自分の最初の演劇的感動は書物によるものだと語った。当時アルジェに劇場はなかったし、彼の家にはラジオもなかった。カミュの演劇への嗜好と情熱を掻き立てたのは、保守的な国立劇場や商業演劇を批判して文学的演劇を目指すジャック・コポー(一八七九―一九四九)と、彼が主宰するパリのヴュー・コロンビエ劇場の本だった。

こうして創立された労働座は、一九三六年一月、『人間の条件』(一九三三年)などの小説によって知られていたアンドレ・マルロー(一九〇一―一九七六)の最新作『侮蔑の時代』の翻案上演によって活動を開始し、次にはカミュの主導により集団で台本を創作した『アストゥリアスの反乱』に挑んだ。しかし、スペインの炭鉱夫の反乱を描いた芝居は極右のアルジェ市長によって公演を禁止され、この戯曲は若い出版人であるエドモン・シャルロ(一九一五―二〇〇四)によって刊行された。その後も労働座は活動を続けて、マクシム・ゴーリキー『どん底』、アイスキュロス『縛られたプロメテウス』などを上演し、カミュは劇団を率いて、演出家、翻案家、役者として多面的に活躍した。

一九三六年五月、カミュはアウグスティヌスとプロティノスを扱う「キリスト教形而上学とネオプラトニズム」と題した高等教育修了証論文(修士論文に該当する)をアルジェ大学に提出した。大学は卒業したが、病気のため高等教育職への道を断念せざるを得なかった。すでに在学中から学資を稼ぐためにさまざまな仕事に従事していた彼は、三八年一〇月ジャーナリストとして歩み始めるまでの二年間、生活のため職を転々とした。

演劇などの文化的活動と連携しつつ、政治的活動もたゆむことなく続けられた。一九三六年六月にフランス本国で成立した人民戦線内閣は、アルジェリアのイスラム教徒に漸進的にフランスの市民権を与えようとする「ブルム＝ヴィオレット法案」を計画した。この試みは結局頓挫したが、三七年四月、カミュは法案を支持する集会に参加した。またこの時期、反植民地闘争よりも反ファシズム闘争を優先する方向へと方針を転じた共産党に反発したカミュは、同年七月に離党したか、あるいは除名処分を受けた。彼はその後生涯を通じて、この二年間の党員活動について語ることはなかった。離党と同時に、同年一〇月、彼は人民戦線と直結していた労働座に代えて、「仲間座」を立ち上げた。この新しい劇団において、いくつかの作品を上演したあと、三八年五月にはみずから翻案したドストエフスキー『カラマーゾフの兄弟』を舞台にかけて、イワン・カラマーゾフを演じた。

若き日の旅行

カミュは大旅行家ではなかったが、その生涯においてヨーロッパ各地および南北アメリカを訪れた。旅は彼にエッセイ、戯曲、小説の素材を提供した。初めてアルジェリアから外へ出たのは、一九三五年九月、妻シモーヌとの短い旅で、行き先は西地中海にうかぶスペインのバレアレス諸島であった。この経験から『裏と表』の第四篇「生きることへの愛」が書かれた。

翌一九三六年夏には、シモーヌと友人のイヴ・ブルジョワとの三人で、中央ヨーロッパへの旅に出かけた。しかしザルツブルクに着き、偶然、郵便局で妻宛ての手紙を受け取り、それを読むことになったカミュは、妻の秘密を知る。モルヒネ中毒のシモーヌに薬物を与えている医師は彼女の愛人でもあったのだ。そのあとプラハで、友人たちと別行動をとったカミュは、彼らの到着を待つあいだ、ひとりで沈鬱な日々を過ごした。わずかな所持金だけで、ことばも通じない土地で数日を過ごしたこのつらい体験は、『裏と表』の第三篇「魂のなかの死」や、遺作となった小説『幸福な死』に素材を与えたばかりか、戯曲『誤解』(一九四四年)の舞台であるチェコの暗い風土に反映することになった。

一九三六年九月初め、中央ヨーロッパの旅のあと、北イタリアを経由してアルジェに戻ったカミュは、シモーヌと別れることに決めた。一一月、彼は女友達のジャンヌ・シカールとマルグリット・ドブレンヌが共同で借りていたアルジェの高台にあるフィッシュ屋敷に居を定めた。そこには彼の三人目の女友達であるクリスチアーヌ・ガランドもやってきた。『幸福な死』では、この家は第二部第三章における「世界をのぞむ家」のモデルとなり、「三女子学生の家」として紹介されている。「世界の色とりどりの乱舞の上できらめく大空に吊るされたゴンドラ」にたとえられるテラスからは、アルジェ湾と地中海を眺めることができた。このあと三八年初めまで、カミュはフィッシュ屋敷を活動拠点とした。

一九三七年の夏になると、カミュはまた旅に出かけて、初めてパリを訪れることになる。『異邦人』では、主人公のムルソー(Meursault)が、しばらく暮らしたパリの印象を、女友達のマリーに向かって「きたない街だ。鳩と暗い中庭がある。みんな白い肌をしている」と語る場面がある。ただ、カミュ自身はパリに到着してすぐ『手帖』に「パリの優しさと感動」と書いており、興奮を抑えきれない様子がうかがわれる。パリのあと彼は南仏へと下り、八月後半から九月にかけて、結核の治療のため、アルプスに近い高地のアンブランに滞在した。そのあとイタリアに足を延ばし、フィレンツェやその近郊フィエーゾレでは、ジョットやピエロ・デラ・フランチェスカの絵画を嘆賞したが、とりわけ彫刻が彼の石への嗜好に応じた。この体験から『結婚』(一九三九年)の第四篇「砂漠」が書かれた。

『裏と表』——最初の出版

カミュは、一九四七年、すでに書いた作品と今後書く予定の作品の一覧を『手帖』に記し、そこに最初の作品として『異邦人』を挙げた。一九四二年にパリのガリマール社から刊行されたこの小説こそが彼の名声を決定づけたことは言うを俟たない。だが、カミュが『手帖』の一覧に掲げていない『裏と表』と『結婚』を出版したのは、アルジェのシャルロ書店であった。エドモン・シャルロは、一九三六年、学業を終えるとすぐに師であるジャン・グルニエに鼓舞され、本屋「真の富」を開いたが、これはアルジェの若い知識人たちの出会いと交流の場となった。シャルロは出版業も営み、カミュ自身も「詩と演劇叢書」を監修し、雑誌『リヴァージュ』の発行にかかわった。

カミュがシャルロ書店から刊行した最初の本は、一九三六年、上演されずに終わった演劇台本『アストゥリアスの反乱』であるが、これは集団創作であった。単著としては、『裏と表』が最初であり、三三年から始まった貧民街の物語の試みがおびただしい断片的草稿を残したあとに完成したもので、三七年五月に、「地中海叢書」の二冊目として三五〇部が出版された。

ここには、貧民街の老人たち、母と息子、そして旅の体験が描かれている。抽象的な思弁に耽るのではなく、身近な出来事や日常的な光景から出発して、生の意味と世界とのかかわりを独自に問いかけるところからカミュの文学は誕生したのだ。

長い試みを経て完成させた作品であったが、カミュはすぐに出版を悔いることになる。一九三七年七月八日、友人のジャン・ド・メゾンスールに宛てた手紙に、彼は「舞台裏にとどまっているべきだった」と書く。そして今後は「芸術作品となるような一冊の本」を著し、そこでは「ぼくのすべての進歩は、形式におけるものになるだろう——つまり形式がいっそう外にあらわれることを望むだろう」と述べる。ここでカミュが念頭においているのは、五つのエッセイのなかでもっとも直接的な告白を含む「肯定と否定のあいだ」であり、おそらく彼はそこで自分の内面を不器用にさらけ出してしまったと感じたのだろう。

その後二〇年間、カミュは『裏と表』の再刊に同意しなかったが、一九五八年になってようやくそれを許し、その折に付された「序文」において、『裏と表』にこそ自分の「源泉」があるのだと認め、またこれを書き直す意図を表明した。それは長編小説『最初の人間』となるはずであったが、不慮の事故死により未完成の草稿のままに残された。

「皮肉」

『裏と表』は五篇から構成されているが、その冒頭に置かれた「皮肉」は、エッセイ集全体を解読する鍵となる。周囲の人間たちに見捨てられる老人の孤独を描いた短い挿話が三つ並び、その最後のものは「彼らは五人で暮らしていた」と始まる。この家族は、祖母、叔父、母、二人の子どもから成り、この子どものひとりがカミュ自身だった。この家族の物語は『最初の人間』においてさらに詳しく描かれることになるが、『裏と表』では、カミュは、家長として専制的な力をふるう祖母に焦点をあてて、前述のように、母に対する愛情の表出さえも祖母によって制限を受ける子どもの悲哀を描く。だが、その祖母が亡くなり、埋葬の日には、町の高台にある墓地と、湾の上に落ちる「美しい透明な太陽」とが対比される。

三人の孤独な老人の姿を描いたあと、語り手は、人間の不幸を見つめ、世界の美を前にして「これらは両立しないだろうか?」と問いかける。対立物を和解させるのではなく、すべてを「受け入れる」こと、そこに「皮肉」というレトリックの原理がある。両端のあいだで選択することなく緊張を維持する態度は、今後もカミュにおいて一貫しており、のちに「節度」を尊重する「正午の思想」へとつながっていくものである。

「肯定と否定のあいだ」

第二篇「肯定と否定のあいだ」でも、表題が示すように、対立する二項の緊張の上にとどまろうとするカミュの意志が示されている。それまで繰り返し断片的に描かれてきた貧民街の母と息子の物語は、ここでもっともまとまった形で書かれ、『裏と表』の一篇を構成した。一人称現在形の瞑想をもとに、三回にわたって想起された母親の思い出が、一人称および三人称そして単純過去、複合過去、現在といったさまざまな様態によって語られる。最初の回想はすでに紹介したように沈黙する母を前にして狼狽する少年を描いたものであり、あとの二つはカミュが母の家を出て以降、すなわち一七歳以後の体験に基づいている。

最後にあらわれるのは、母と息子が共有していた単純かつ透明な世界であり、そこを支配する無関心である。「そのとき、ぼくに向かって立ちのぼってくるのは、より良い日々への希望ではなく、すべてに対する、またぼく自身に対する、晴朗で根源的な無関心なのだ」。このエッセイでは、「無関心」という語が五回使われる。青年期の語り手と回想のなかの少年にとって、母と世界はひとつに溶け合う。「ルイ・ランジャール」に見られた「母の無関心」は、ここで「世界の無関心」へとつながって、『異邦人』最終場面を準備するものとなる。

「魂のなかの死」「生きることへの愛」

第三篇「魂のなかの死」と第四篇「生きることへの愛」は、それぞれ一九三六年中央ヨーロッパの旅、三五年バレアレス諸島の旅から生まれたエッセイであり、表題にそれぞれ「死」と「生」を含む。旅人は異国にあって、孤独と高揚のなかで、生と死の意味について省察するのである。

「魂のなかの死」では、プラハにおける不安に満ちた闇と死の日々と、イタリアの歓びにひたされた光と生の時間が対比される。旅人は生きることへの愛と絶望が不可分であることを確認し、両方をそのまま受け入れようとする。「その二つともがぼくには大切なものなのだ。ぼくが書きとめようと望んだ絶望的な経験に対するひそかな愛着から、光と生に対するぼくの愛を切り離すことはむずかしい」。

この主題は、「生きることへの愛」においても表明される。バレアレス諸島にあるパルマの聖フランチェスコ教会を訪れたカミュは、ゴシック様式の小さな回廊で長い時を過ごした。そのとき彼をとらえたのは、今すぐにも世界が崩壊してしまうかもしれない予感と、それにもかかわらず世界が持続していることへの驚きであった。彼は、それを「奇跡」と呼ぶ。

世界は、恥じらい、皮肉をうかべて、慎ましやかに持続していた(女性たちの友情に見られるある種の優しく慎み深い形のように)。均衡は続いていた。とはいえそれはみずからの終焉への恐れによって彩られていた。そこにぼくの生きることへの愛のすべてがあった。ぼくから逃れてしまうかもしれないものに対する黙した情熱、炎の下の苦さだ。

カミュにおいて「生きることへの愛」は、逃れ去っていくもの、滅んでいくもの、死にゆくものへの愛着に裏打ちされている。そのことは、しばしば引用される有名な句「生きることへの絶望なくして、生きることへの愛はない」に端的に表明される。一九五八年の『裏と表』再版に付された「序文」でこの句を取り上げたカミュは、「当時私は、どの程度まで自分が真実を語っていたかを知らなかった」と語る。その後の人生において、彼はまさにこの絶望と愛のあいだに存する緊張関係を生きることになるのだ。

「裏と表」

最後には、エッセイ集と同じ表題の「裏と表」が置かれており、若きカミュが抱いた両義的世界観が完成を見るが、そこでも墓地が重要な役割を演じている。ふたたび孤独な老人が登場し、小さな遺産を手にした彼女は墓を購入することを決める。

老婆の挿話のあと、空から降りてくるまばゆい光を眺める語り手の物語が続く。「生まれ出たたったひとつの微光、それだけでぼくは、漠としたすばらしい歓びにひたされてしまう」。こうして、めくるめく光と葉叢(はむら)の戯れのなかで、世界の秘儀に通ずる瞬間が語られる。キリストのことば「わたしの国はこの世のものではありません」（新改訳『ヨハネの福音書』一八・三六）を逆転させて、カミュは「ぼくの王国のすべてはこの世界にある」と宣言し、「永遠はそこにあり、ぼくはそれを望んでいた」と続ける。

とはいえ、このような世界との協和に参入する特権的瞬間が、じつは人間の悲惨と表裏一体であることが忘れられたわけではない。光を凝視している語り手の念頭から、自分の墓を作らせる孤独な老婆の姿が消え去ることはない。「ひとりの人間が凝視し、もうひとりは自分の墓を掘る。どうして二人を切り離せるだろうか？　人間たちとその不条理を？〔……〕世界のこうした表と裏のあいだで、ぼくは選択したくないし、人が選択することも好まない」。

『裏と表』冒頭の「皮肉」では、話を聞いてもらえず、理解されない三人の孤独な老人たちが登場した。そして最後の「裏と表」では、老女が孤独を慰める方途を考え出す。しかし、豪華な墓は、彼女の悲劇を際立たせるだけだ。語り手は光を見つめる自分と、墓を準備する老女とのあいだに不条理を見る。だが、これらを切り離すことはできない。「結局、生をむさぼるこの愛をあのひそやかな絶望につなぐ絆を、どう言えばいいのだろうか?」。ここでも生への愛は、絶望と表裏一体である。こうして『裏と表』にあらわれる墓地は、いつも光の対極にあって、世界の表と裏、肯定と否定、光と影、生と死の両義性を構成する重要なファクターとなるのだ。

3 地中海の霊感

地中海文化とギリシャへの憧憬

一九世紀末、北アフリカを旅した若き日のアンドレ・ジッド(一八六九―一九五一)は、エッセイ『地の糧』(一八九七年)を発表し、書物の世界を離れてアルジェリアの大地に素足で触れ、そこから生の糧を汲み上げることを宣言した。発表当時は注目されなかったが、二〇年を経て若者たちの愛読書となったこの本を、カミュがアコー叔父から貸してもらったのは、一九二九年、一六歳のときだった。だが、彼はのちに、アルジェの自分たちはジッドの本に「感嘆すると同時に当惑もした」と述べる。そこでジッドが賞揚している北アフリカの太陽や海は彼らの慣れ親しんだものであり、彼らは他の本を必要としていたのである。

一九三〇年代になると、アルジェリアを訪れたアンリ・ド・モンテルラン(一八九六―一九七二)が、この地の魅力を褒め讃える著作をいくつか発表した。地中海の北側では、一九二〇年、ポール・ヴァレリー(一八七一―一九四五)が、地中海を臨む故郷の港町セートにある墓地を舞台にした長詩「海辺の墓地」を発表していたが、これに感化を受けて、駆け出し詩人のカミュは三三年、地中海を主題とした無題の詩を書いた。その同じ年、ニースにある地中海中央研究所所長に就任したヴァレリーは「地中海の感興」と題した講演をおこなうことになる。

こうして、アルジェリアや地中海を取り巻く国々のまばゆい栄光が語られ始めたころ、アルジェでは、カミュと仲間たちが、共産党の指導で創設された「文化会館」の主導権を握り、地中海文化の顕揚を目指した。一九三七年二月八日におこなった演説「土着の文化、新しい地中海文化」のなかで、カミュはこう述べた。「私たちは文化を生に結びつけようと望んでいます。微笑と太陽と海によって私たちを取り囲む地中海こそが、その教訓を与えてくれるのです」。ファシストたちが主張するローマを中心とした地中海文化に対抗して、カミュはギリシャを拠り所とする地中海文化の必要を訴えた。ただ、ここで引き合いに出されるのはスペイン、イタリア、ギリシャであり、イスラム文化圏はカミュの視野に入っていない。

第二エッセイ集『結婚』

『裏と表』の出版後、カミュは自分の作家としての才能に疑いをもった。一九五九年のインタビューで、彼はこう述べている。「私は疑いました。あきらめようと思いました。それから爆発的な生命力が私のなかで表現を求め、『結婚』を書いたのです」。一九三九年五月シャルロ書店から出版された『結婚』は、地中海をめぐる四つの場所、ティパサ、ジェミラ、アルジェ、フィレンツェを舞台として、若々しく高揚した詩的散文で綴られている。

ここには、ジャン・グルニエの二つのエッセイの影響が見られる。一九三三年に刊行され、二〇歳のカミュが大きな感化を受けた上述の『孤島』、そして三七年の『サンタ・クルス』であり、後者ではまさにティパサとジェミラが取り上げられている。旅行記と哲学的瞑想というスタイルもグルニエの著作にならったものである。語り手はここで、自分の身体において感受した世界を叙述し、韻律豊かで音楽的な散文を用いてみずからの確信を述べる。

『結婚』刊行前、一九三九年二月二日、カミュはグルニエに、草稿に対する講評の礼を述べて、次のように書いた。「ぼくはいまでは、このエッセイ集には誇張された点があると感じています。少なくともこのジャンルの作品を書くのは今回が最後です。今後はもうこうした方向で書くことはないでしょう」。『結婚』はカミュの作品のなかでもっとも抒情性が流露したものだが、彼は以後このように高らかに歌うことは控えることになる。この第二エッセイ集はモンテルランから賞讃を受け、初版を売り切ることができなかった『裏と表』とは異なり、その後三度版を重ねて、一九五〇年にはガリマール社版が出た。

「ティパサでの結婚」

一九三六年と三七年に何度か、カミュは友人たちと、アルジェから西へ七〇キロメートルの古代ローマの廃墟ティパサを訪れた。この体験に基づいて書かれた「ティパサでの結婚」では、「ぼくたち」という主語が何度かあらわれるが、基本的には「ぼく」による一人称単数の語りで、自然との交感を歌い上げる一日の物語と省察が展開される。

「春になると、ティパサには神々が住み、神々は陽光やアブサンの匂いのなかで語る」と始まる冒頭から、読者はいきなり、まばゆい太陽と海のきらめき、咲き乱れる花々とその強烈な芳香のなかに引き込まれる。海辺の廃墟、それは大地と海とが触れ合う場所である。裸になった「ぼく」は、「大地の精気の香りをまだいっぱい身につけたまま海に飛び込み、海中でその精気を洗い落とし」、自分の肌の上で「大地と海がはるか太古から唇と唇を寄せて恋焦がれているあの抱擁」を結ばなければならない。

カミュは自分の五感がとらえるものすべての喜びを語り、高らかに宣言する。

ぼくはここで栄光と呼ばれているものを理解する。それは節度なく愛する権利だ。

この二文は、カミュの死後、一九六一年、彼の友人であった画家で彫刻家のルイ・ベニスティにより、ティパサに建てられた碑に刻まれた。のちに『反抗的人間』(一九五一年)で「節度(mesure)」を説くことになるカミュだが、「ティパサでの結婚」では自分の若い情熱を解き放ち、愛と幸福を激しく求めて、「幸福であることは恥ずべきことではない」と断言する。一日の「世界との結婚」の歓びを享受した彼は、それを独占しようとはしない。地中海文化を共有する民族へとそれを押し広げ、「太陽と海から生まれ」、「空の輝く微笑みに対して共感の微笑みを投げ返すひとつの人種」と分かち合おうとする。カミュは、一九三八年四月、地中海文化の雑誌『リヴァージュ』のマニフェストにおいても、われわれは「太陽の下でわきたつ地中海を前にして、空と海に養われた〔……〕ひとつの民族」をよみがえらせるのだと述べる。

「ジェミラの風」

『結婚』の舞台となったもうひとつの廃墟は、内陸部にあるジェミラである。「ティパサでの結婚」の詩的散文で綴られた生の讃歌は、ここでは哲学的瞑想へと転じている。岩山の廃墟ジェミラでは、「人間に死せる町の孤独と沈黙に一致する尺度を教える何物かが形成される」。

カミュの初期作品には、人間的なるものを逃れ、精神を否定し、自然の一部になろうとする願望が見られる。それはしばしば、石との同化という形をとるが、この石化の夢想は、とりわけティパサとジェミラの二つの廃墟が舞台となる『結婚』において顕著である。ティパサでは「石という石が熱く」、「この廃墟と春との結婚で、廃墟はふたたび石と化し、人間の手が加えた光沢を失って自然に還る」のであり、太陽のもとで「熱い石の味がする生」が賭けられる。他方でジェミラでは、吹きすさぶ激しい風にあおられることによって自然のなかに肉体を抹消させることになり、語り手はついには「石のなかの石」と化す。ここでは、石は死と沈黙の現存であり、生を侮蔑し、ことばを拒絶して、「世界はいつも最後には歴史に打ち勝つ」ことを教える。

さらに、ジェミラの荒涼たる廃墟は、語り手を死の想念へと導く。「これこそ青春であるに違いない、死とのこうした酷い対面、太陽をいとおしむ動物のあの肉体的な恐怖」。「ルイ・ランジャール」の語り手が自分の病気を死の宣告と受け取ったように、「ジェミラの風」でも、死に直面した意識の在り方が語られる。「死ぬことへのぼくの恐怖のすべては、生きることへの羨望につながっている」。そしてここで必要なのは「意識された死」であり、最後の瞬間まで明晰さを失わないことであり、それこそが世界との距離を縮めるのである。

「アルジェの夏」

『結婚』の残る二篇は、それぞれアルジェとフィレンツェを舞台としている。「アルジェの夏」では、『裏と表』とは異なり、老人たちはカフェの奥にすわって「若者たちの自慢話に耳を傾けるだけ」であり、この町には「青春を失った者にとっては、すがりつく何ものもない」。カミュはアルジェのパドヴァニ海岸、ベルクール、バブ＝エル＝ウエドといった自分のよく知っている界隈で、夏を謳歌する若者たちの姿を描く。

浜辺では、「若人の競争が、デロスの競技者たちのすばらしい身振りとひとつになる」。現代のアルジェが、キリスト教の二千年を超えて古代ギリシャのデロス島へと結びつけられる。アルジェの民衆は現世の富にだけ貪欲で、いまの瞬間しか知らず、キリスト教的来世には無関心だ。「そのすべてが現在に投げ出されたこの民衆は、神話もなく、慰めもなく生きている」。この町ではすべてが肉体に語りかけ、肉体だけが語ることを知っている。「この人種は精神には無縁なのだ。この人種には肉体への崇拝と讃美がある」。

だが肉体は老い、青春は過ぎ去り、夏は終わり、季節は移りゆく。だからこそ、カミュは「滅ぶべき、高潔な愛」に讃歌を捧げるのだ。そして、彼は「いま」に生きる住民の姿を強調するために、アルジェの歴史には関心を示そうとはしない。植民地化の歴史の証人であるアラブ人たちは、ここでは売り子やカフェの主人として挿話的に登場するにすぎないのである。

「砂漠」

第四篇「砂漠」は、一九三七年九月のイタリア旅行に基づいて書かれ、舞台は地中海の北側へと移る。ティパサとジェミラの廃墟においては、カミュはみずからの肉体によって世界との一致を宣揚したが、ここでは、その肉体による証言は、トスカーナの画家たちの作品に見出されることになる。肉体、現在、精神の追放、希望の拒否、無関心といったこれまでの諸テーマが、画布の上に召喚され、芸術の視点からの普遍化が試みられる。

フランチェスコ会修道院を訪れたカミュは、精神的に「裸」である修道士たちと、肉体的に「裸」であるアルジェの浜辺の若者たちとのあいだに「共通の響き」を感じ取り、そこに「持続への欲求と死の宿命の二重の意識」のなかで生きる情熱を見る。オリーヴの野原において彼が讃えるのは「沈黙と死せる石」であり、「あとはみな歴史に属している」。ここにおいて、カミュにおける倫理がもっとも端的なことばで表明される。「世界は美しい。そしてこの外には救いはない」。

カミュはここで「ある砂漠の地理学」の探求を企てるが、この希望のない幸福はけっして断念ではなく、「いっさいの否定には〈肯定(ウィ)〉の開花が含まれている」のであり、彼は「ぼくの反抗(révolte)の中心に同意が眠っていることを理解」する。これはのちに『反抗的人間』で展開される思想の基礎となるだろう。

『幸福な死』長編小説の試み

一九三六年から、『裏と表』『結婚』の執筆と並行して、カミュは長編小説『幸福な死』に取り組んでいた。三七年秋、彼は集中的に仕事をして、翌三八年初めにはひとまず完成させた。しかし六月、草稿を読んだジャン・グルニエから否定的な評価が下され、カミュは書き直しを図るも行き詰まってしまう。後述するように、三八年からは不条理三部作の構想が立てられ、『幸福な死』はその一部分が『異邦人』へと引き継がれるが、未刊のままに残された。刊行されたのはカミュの死後一一年を経た一九七一年である。

この野心作に、カミュは自分の関心と経験のすべてを詰め込もうとした。まずは、彼が長年にわたって書き続けてきた「貧民街の物語」の断片が見られる。さらに『裏と表』の「生きることへの愛」で語られた中央ヨーロッパとイタリアへの旅、また『結婚』の「ティパサでの結婚」で謳歌された自然との一致、それらがメルソー(Mersault)という人物の体験として語られる。そして、フィッシュ屋敷での女子学生たちとの共同生活、これは他の作品で使われることなく、『幸福な死』の第二部第三章において、ここだけが現在形で語られるという特別な形で挿入されている。

「潔白な殺人者」というモチーフ

『幸福な死』を、カミュは殺人場面によって始めた。もとの原稿では『異邦人』と同様に第一部の最後に置かれていたこの場面を、物語の展開を先取りする形で、彼は冒頭に移動させたのだ。これには、同じく殺人場面で始まるアンドレ・マルロー『人間の条件』の影響が指摘されてきた。主人公メルソーの殺人は、晴れやかな天候のもとで実行される。「青い空から小さな白い無数の微笑が落ちてきて」、世界が微笑みかけ、メルソーには「人間たちの唯一の義務は生き、幸福になることだ」と思われる。カミュは、彼の作品における最初の殺人を描くにあたって、殺人とはおよそ似つかわしくないこのような晴れやかで明澄（めいちょう）な舞台を用意した。メルソーが殺すのは半身不随者のザグルーであり、ザグルーは自分の人生を断念し、彼の遺志を継ぐ者としてメルソーに自分の資産を与えて、殺してくれるように依頼する。このエピソードだけが、この小説におけるフィクションの部分であり、あとはカミュ自身の体験を反映したメルソーの生活が描かれる。

ザグルーを殺害したあと、メルソーは中央ヨーロッパの旅に出るが、これはカミュ自身の旅行体験に基づいている。プラハで暗い不吉な日々を過ごしたあと、メルソーはイタリアの太陽によって蘇生し、そのときザグルーの思い出がよみがえる。「彼は自分のなかのこのような忘却の能力を再認識したが、それは子どもや天才、清廉潔白である人間だけに見られるものだった。潔白で、歓喜に心を揺すぶられ、彼は、自分が幸福にふさわしい人間であることをやっと理解した」。ここでは卓越した忘却能力をもつ者として、子ども、天才、清廉潔白である人間が挙げられている。潔白の象徴としての子どもは、今後カミュの作品において繰り返しあらわれることになる。

アルジェに戻ったメルソーは、幸福の実現を目指してティパサに近いシュヌーアに別荘を買う。エッセイ「ティパサでの結婚」を想起させる大地との結婚のなかで、彼は久しぶりにザグルーを思い出す。「かつて自分の心の潔白のなかでザグルーを殺したときと同じ情熱や欲望のふるえで、彼は、この緑の空と愛に濡れた大地を自分の心の潔白のなかに受け入れた」。ここでは「心の潔白」ということばが二度用いられる。まずザグルー殺害時における潔白が確認され、次には世界との結婚における潔白がそこへ重ね合わせられるのだ。

やがて病気に倒れたメルソーは、みずからの死を目前にして、ようやく自分を幸福へ導いてくれた男に追いつくことになる。「彼はそれまで遠い存在と感じていた男に対して強い兄弟愛を抱き、彼を殺すことで永久に二人を結びつける結婚を完成させたと理解した」。メルソーはカミュの作品に登場する最初の殺人者であるが、殺人は相手の同意の上で遂行され、彼は犯罪者として訴追されることはない。罪の意識をもたないメルソーは、みずからの潔白を確信している。のちの作品に見られるような殺人と潔白の相克は、ここにはまだあらわれていないのである。

意識された死

「ジェミラの風」の語り手は「石のなかの石」になる仮死体験を夢想した。『幸福な死』では、

第一部のザグルーとの会見で、メルソーは「小石の幸福」について語る。みずから小石となって、雨に打たれ、太陽に焼かれ、絶対的受動性を保ち、自然の一部となって存在すること、それこそが彼の夢見る幸福である。第二部の最後で死を迎えた彼は、「石のなかの石となって、心は歓喜にひたされて、不動の世界の真実に還っていった」。胸膜炎で死ぬメルソーには作者の病気が投影されている。しかし、カミュはその後みずからの結核についてほのめかすことを控え、「死を宣告された男」という普遍的な主題を不条理の作品群において追究することになる。

『幸福な死』は第一部が「自然な死」、第二部が「意識された死」と題されている。ザグルーの死を「自然な死」と呼ぶのは逆説的にも感じられるが、メルソーの死はまさに「意識された死」として提示される。すでに「ジェミラの風」に見られたこの主題が、物語の最後において、メルソーの死の場面でふたたび取り上げられる。「意識しているということは、ごまかすことなく、ひるむことなく――一対一で――自分の肉体だけと向き合って――死に向かって両目を見開いていなければならないことだった」。メルソーの死は罰ではなく彼の目論見の成就であり、彼は死を見つめる勇気をもつのだ。

未刊に終わった『幸福な死』は、『異邦人』だけでなく、のちの多くの作品に素材を提供することになった。メルソーが抱く幸福への激烈な情熱は、戯曲『カリギュラ』(一九四四年)のローマ皇帝と『誤解』のマルタに引き継がれる。死と幸福、殺人と潔白の主題は、今後何度も変奏されてあらわれるだろう。

植民地へのまなざし――『アルジェ・レピュブリカン』記者として

すでに触れたように、一七歳のときカミュは作家になりたいと思った。だが、貧しい境遇に生まれ育ったため、まずは生計の手立てを見つける必要があった。結核のために公的職務に就くことができず、上級教員資格試験への志願を断念した彼は、一九三八年一〇月から新聞記者として働き始める。それまでにも彼は政治的な活動家として、また役者兼演出家として集団活動に参加していたが、ジャーナリズムは新たな共同作業の歓びを彼にもたらすことになった。

一九三六年にフランスで成立した人民戦線内閣が打ち出した計画にしたがって、アルジェで労働者のための新聞『アルジェ・レピュブリカン』紙の創刊が企てられ、三八年、ジャーナリストとしての経験をもつパスカル・ピア(一九〇三―一九七九)が本国からアルジェに呼ばれた。当時三五歳の彼は二人の新人を雇ったが、そのひとりが二五歳のカミュである。貧しい家庭の出身で、戦争孤児であるという境遇も共通しており、二人はすぐに意気投合した。ピアのもとで、カミュはジャーナリズムの作法を学んだ。第一号は同年一〇月六日に発行され、翌三九年秋までカミュは、精力的な取材と調査をおこない、報道から論説まで、署名記事を五〇本ほど含む一五〇本ばかりの記事を書いた。文芸批評も担当して、三八年に発表された、ジャン＝ポール・サルトル（一九〇五―一九八〇）の『嘔吐』やポール・ニザン（一九〇五―一九四〇）の『陰謀』を論じた。カミュはまたいくつかの裁判を傍聴し、それを報じたが、この体験は『異邦人』第二部の法廷の場面で生かされた。

『アルジェ・レピュブリカン』の記者として、カミュは、一九三九年、カビリア地方で詳細な調査を実施し、六月五日から一五日まで一一本の報道記事を「カビリアの悲惨」として発表した。アルジェリア北部地中海沿岸の山岳地帯にあるカビリアは、農耕民ベルベル人の昔からの居住地であったが、カミュは、植民政策によって被った現地の経済的・社会的荒廃をつぶさに記述し、その問題点を明確にした。「私がカビリアのことを考えるとき、思い起こすのは、花々が咲き乱れる峡谷でも、至る所にあふれる春でもなく、この取材のあいだ毎日無言で私についてきた、目や身体が不自由な人びとの、痩せこけた頬の、ぼろ着のあの行列だった」。彼は見聞したものをひとつとして裏切るまいと努めて、真実とリアリズムの描写を提示した。そして最後に、「文学など必要としていない一連の事実に、これ以上無益なことばを付け加えないほうがよいだろうと思う」と、彼はこの報告を締めくくっている。作家を目指して文学への道を歩み始めていたカミュは、ここで文学とは異なった証言が必要であると知り、絶望した人びとの哀願に耳を傾け、植民政策の犠牲者の代弁者となることを引き受けるのである。

第2章

不条理の時代

──「世界の優しい無関心」

alger républicain

LE REICH dément
avoir concentré des troupes
à la frontière polono-slovaque

Les représentants
de la gauche
à la commission des Finances
présentent
un questionnaire serré
à M. Paul Reynaud

Le discours de M. Herriot
au jubilé politique de M. Flandin
a été fort commenté

Le blocus
des concessions
anglaise et française
à Tien-Tsin
a commencé

La jetée
Pierre-Henry Watier
et la nouvelle
halle aux poissons
ont été inaugurées hier
en présence
de M. le Gouverneur général Le Beau

L'histoire
d'un crime (II)

Misère de la Kabylie

CONCLUSION

par Albert CAMUS

MISS ALGER 1939

『アルジェ・レピュブリカン』の記者としてカミュが報道した「カビリアの悲惨」

1 『異邦人』——戦時下パリ文壇への登場

第二次大戦の勃発と「不条理三部作」への助走

一九三九年九月一日ナチスドイツがポーランドに侵攻し、三日にイギリス、フランスがドイツに宣戦布告して第二次世界大戦が始まる。カミュは従軍を志願したが、健康上の理由で受け入れられなかった。左翼系と見られた『アルジェ・レピュブリカン』は検閲が強化され、また用紙や資金の不足もあり発行困難となった。そのため、パスカル・ピアは、九月一五日、いっそう時局に適した新聞『ル・ソワール・レピュブリカン』を創刊した。一枚両面だけで、カミュが編集長として記事を書き、夕刻にアルジェとその周辺で販売された。真実、自由、平和を掲げた新聞であったが、戦時下において検閲との闘いは激しくなるばかりで、数か月後、四〇年一月初めに新聞は発行禁止となった。

失職したカミュには、かねてより取りかかっていた不条理を主題とした作品に取り組む時間ができた。『手帖』に「不条理」という語が最初にあらわれるのは、一九三六年五月である。ほぼ同時期に、第一章で触れた「ルイ・ランジャール」の草稿にも、「死を宣告された男」の主題と関連してこの語が使われていた。それから二年後、三八年三月一七日の日付をもち、「明日はない」と題された数頁の注目すべき断章が、『手帖』からは独立して残されている。そこでは、未来をあてにして生きていた語り手が、「その夜、すべてが崩壊した」のを体験し、「死が唯一の現実としてそこにあった」と語る。続いて、「不条理あるいは出発点」のエッセイ、「カリギュラあるいは死をもてあそぶ者」の戯曲、「自由な人間（無関心）」の小説、この三つのジャンルでの執筆の計画が立てられている。『シーシュポスの神話』（一九四二年）『異邦人』の題名もそこに見られ、不条理三部作の出発点には死の宣告の感情があったことが明らかである。

さらに、一九三八年六月、『手帖』には「夏の予定」として、エッセイ、戯曲、小説などの計画が立てられたあと、「不条理」と記されている。こうして『裏と表』『結婚』『幸福な死』の初期作品の執筆と並行して準備が進められてきた不条理三部作は、このあと『異邦人』『シーシュポスの神話』『カリギュラ』として完成することになり、カミュのパリ文壇デビューを飾る作品となっていく。

一九四〇年の最初の三か月、カミュは婚約者フランシーヌのいる、アルジェリア北西部の町オランで過ごした。三七年秋、彼はこの町出身のフランシーヌ・フォール(図3)と出会っていた。数学の教師であり、ピアノでバッハを弾く娘は、それまでカミュが付き合っていた女性たちとは異なる魅力をもっていた。相変わらずドン・ファンの生活を送りながらも、次第にカミュはフランシーヌに惹かれていった。フランシーヌの父もまたマルヌの会戦で戦

図3　カミュとフランシーヌ

死していた。彼女は母と二人の姉にカミュを引き合わせて、こう言った。「彼は私に、自分は病気で、金もなく、仕事もなく、まだ離婚していないし、自由が好きな人間だと紹介しろと言うのよ」。

パリの異邦人

『ル・ソワール・レピュブリカン』が廃刊に追い込まれたあと、パスカル・ピアはすでにパリに戻っていた。アルジェリア当局ににらまれて再就職が困難な二六歳のカミュは、ピアの招きを受け入れ、保守派の大新聞『パリ＝ソワール』紙の編集者として働くことを決めた。一九四〇年三月一四日、彼は婚約者フランシーヌを残して単身アルジェで乗船し、一六日パリに着

いた。アルジェにおいては、作家、ジャーナリスト、政治活動家、役者、演出家として知的な若者たちのあいだでよく知られていたカミュだったが、パリの大都会では孤独だった。モンマルトルの安ホテルに投宿した彼は『手帖』にこう書く。

突如として異邦となった町のざわめきによって引き起こされた——暗い部屋のなかの——この突然の覚醒は、何を意味するのか？　すべてがぼくにとって見知らぬものとなった。〔……〕世界はもはやぼくの心が支えを見つけられない未知の風景にすぎなくなってしまった。異邦人、このことばの意味をだれが知り得よう。

職場に近いサン＝ジェルマン＝デ＝プレのホテルに移ったあとは、ジャーナリストの仕事と並行して『異邦人』の執筆に力を注いだ。この小説の構想期間は数年におよぶが、第一稿の執筆は、パリ到着後の二か月に集中しておこなわれた。このとき、カミュは放棄してあった『幸福な死』の一部分を書き直して『異邦人』に取り入れた。

一九四〇年五月、それまでポーランド攻撃に注力していたドイツ軍が西方諸国への侵攻を開始し、六月初めにはパリに迫ってきた。カミュは、完成したばかりの『異邦人』の原稿を抱えて『パリ＝ソワール』の仕事仲間たちとパリを逃れ、クレルモン＝フェラン、次いでリヨンへと移動した。カミュがパリを去ったあと、六月一四日、ドイツ軍はパリに無血入城し、六月二二日、コンピエーニュの森において独仏休戦協定が調印された。パリを含む北部フランスはドイツ軍の占領下に置かれ、フランス政府はフランス中部のヴィシーに移り、ナチスドイツの傀儡政権であるヴィシー政府が南部フランスを管轄した。

南仏のリヨンにいたカミュは、一二月三日、フランシーヌを呼び寄せて結婚したが、ほどなく人員整理のため『パリ＝ソワール』を解雇されることになった。カミュはこの大部数を誇る大衆紙のために九か月ほど働いたが、頁組みや校正に従事しただけで、結局一行も記事を書くことはなかった。

アルジェでの失職後一年もたたずしてフランスでも仕事を失った彼は、一九四一年一月アルジェリアに戻り、妻の実家のあるオランに住み始めた。フランシーヌが代用教員として働き、カミュも家庭教師をして糊口を凌いだ。ふたたび『異邦人』に着手した彼は、あらたに細部の描写、とりわけ殺人の場面をふくらませた。同じ時期、カミュは四幕劇『カリギュラ』をひとまず完成させたあと、二月二一日、『手帖』に「『シーシュポスの神話』が終わった。不条理三部作の完成」と書いた。彼は三部作の出版を考え始めたが、シャルロ書店は財政的に刊行できる状況になかった。

『異邦人』出版

『異邦人』の出版にあたっては複数の協力者がいた。一九四一年三月末、フランスにいたパスカル・ピアから来た手紙に応える形で、カミュはオランから『異邦人』と『カリギュラ』の原稿を書留便で送った。ピアは「この小説は遅かれ早かれ第一級の地位に収まるだろう」と返事を寄こし、原稿をアンドレ・マルローへ回送した。そのあとピアはカミュに、「間違いなく彼〔マルロー〕は君の原稿に心を動かされたよ」と書いてきた。『異邦人』は四一年一一月にガリマール社の原稿審査委員会において認められ、翌四二年五月、四四〇〇部が刊行された。

占領下の暗いパリにおいて、アルジェリアのまばゆい太陽を語る異邦人の著作は、人びとを魅了した。出版されるとすぐにひとつの社会的事件となり、その後中等教育の場で読み続けられ、大量の解説書や研究書が生み出された。物語は驚くほどに簡潔で、明快な文章と構文でありながら単純な解釈を拒み、主人公は謎めいて存在の厚みをもち、裁判制度や宗教が批判され、アルジェリアの風土が感覚豊かに描写される。ときには相容れないこうしたすべての要素が、この小説に比類ない魅力を与えている。

図4　カミュとパルカル・ピア(左)

ジャン＝ポール・サルトルが戦前の一九三八年に発表し評判となった『嘔吐』をカミュは『アルジェ・レピュブリカン』で論評していたが、そのサルトルは四三年二月に長文の「『異邦人』解説」を『レ・カイエ・デュ・シュッド』誌に発表した。彼は『異邦人』よりやや遅れて刊行された『シーシュポスの神話』を引き合いに出し、『シーシュポスの神話』は不条理の「観念をわれわれに与えることを狙いとし」、『異邦人』は不条理の「感情をわれわれに吹き込もうとしている」と指摘した。カミュはジャン・グルニエ宛ての手紙で、サルトルの批評は「〈分解〉のお手本」であり「大部分は正当なものだ」と考えるが、しかし「なぜあんな辛辣な語り口なのでしょう？」と問いかけた。

母の死から浜辺の殺人へ

『異邦人』は、よく知られた冒頭の句「きょう、ママが死んだ」で始まる。語り手「ぼく」は、自分をまるで他人の目で見るかのようにその行為だけを語り、ここには内面の表出は見られない。一人称の語りと行為の純粋に客観的な知覚という本来相容れないものが接合されており、発表当時はアメリカ小説の影響が指摘された。一九四五年一一月、『レ・ヌーヴェル・リテレール』誌のインタビューにおいて、『異邦人』がフォークナーやスタインベックの作品を想起させるのは偶然の一致なのか、との質問に対して、カミュはこう答えた。「その手法を私は『異邦人』で使いました。それは事実です。しかしそれは、外見からは道義心をもたないように見える男を描くという私の意図に、その手法が合致していたからです」。カミュは、この手法の使用は意図的な限定されたものであると強調する。実際、第一部、第二部それぞれの終わりでは別の文体が使用されて効果を高めている。

第一部は母の死と養老院での通夜、翌日の埋葬に始まり、それに続く主人公ムルソーのアルジェでの平凡な日常が時間を追って語られる。かつて職場の同僚であったマリーとの再会とそれに続く交際、近隣での評判の良くないレーモンや犬を失くして悲しむサラマノ老人との交遊。そして、第六章に至り、ムルソーは自分の運命を一変させる事件に遭遇することになる。レーモンとアラブ人とのいさかいに巻き込まれた彼は、浜辺でアラブ人と相対するが、そのとき「ママを埋葬した日と同じ太陽」が彼を苛み、攻めたてる。太陽から逃れようと、ムルソーは泉に近づくが、それはアラブ人に接近することでもある。ナイフを手にした相手に向かってピストルの引き金を引いた彼は、「日ざかりの均衡と、自分が幸福だった浜辺の比類ない静寂を壊してしまったことを」悟る。運命に支配されるギリシャ悲劇の主人公のように、太陽、そして海、偶然がムルソーを殺人へと導くのだ。これまで即物的リアリズムの文体が、読者の感情移入を拒み、描かれる対象との距離を維持してきたが、それに代わって浜辺の場面では、メタファーやイメージのそれまでになかった集中的使用が見られる。それらがこの場面に神話的性格を与えると同時に、読者との心理的距離を小さくするのである。

予審と公判

ムルソーは殺人罪で逮捕され、アラブ人たちが収監されている一室に入れられる。彼らから何をしたのかとたずねられた彼は、「アラブ人を殺した」と答える。しかし、一週間後の予審判事の前において、ムルソーは殺人を犯したことをすでに忘れている。外に出るとき、彼は握手するため判事に手を差し出そうとする。「だが、ちょうどそのとき、自分が人を殺したことを思い出した」。『幸福な死』のメルソーは、ヨーロッパに旅立ったあとザグルー殺害のことを忘れ、イタリアに至って、潔白である人間に見られる忘却の能力を再認識した。ムルソーもまた、殺人を忘れる能力においてメルソーに劣らないといえるだろう。

公判が始まると、ムルソーに殺意があったかどうかが議論の焦点となる。検事は、ムルソーがなぜひとりで泉へ戻ったのか、なぜ武器をもっていたのか、なぜまさにその場所へ行ったのかと追及する。それに対してムルソーは「それは偶然です」と答えるだけであり、殺意を認めることはない。証人として喚問された養老院の門番は、質問に答えながら、ムルソーが母の顔を見ようとしなかった、たばこを吸い、眠り、カフェオレを飲んだと語る。そのとき、ムルソーはこのように反応する。「ぼくは法廷全体を高揚させる何ものかを感じた。そして初めて自分が罪人であることを理解した」。ここで、彼は初めてみずからが罪人であることを理解するが、それはアラブ人殺害に対してではなく、母の死に対してなのである。検事の糾弾の矛先は、殺人そのものから母の埋葬時におけるムルソーの無感動な態度へと向かう。弁護士は叫ぶ。「結局、彼が告発されているのは、母親を埋葬したからですか、それともひとりの男を殺したからですか」。このことばは、この裁判の特異性を要約している。

公判二日目、検事の弁論が終わったあと、しばらく沈黙が廷内を支配するが、やがて裁判長はムルソーに発言を促し、付け加えることがあるかとたずねる。そこでムルソーは、自分の行為の動機について、「それは太陽のせいだ」と述べて、廷内に笑いを引き起こす。だが、第一部の浜辺の場面を記憶している読者は、同じように笑いはしないだろう。「太陽のせい」で殺人を犯すという非合理な事態を十分読者に納得させることができるかどうか、それが『異邦人』という小説の鍵である。

一九四二年、カミュは『手帖』にこう書いた。「これは慎重に計画された本だ。その語り口も……意図されたものである。〔……〕この本の意味は、まさに第一部と第二部の平行関係のなかにある」。第一部では行為の純粋な偶然性が支配していたが、第二部では反対に、司法制度が意味と意図と心理的連続性を探し求め、母を埋葬したときの無感動な態度を殺人の原因につなげようとする。それこそがまさに検事の勝ち誇った発言となる。「罪人の心をもって母を埋葬したがゆえに、私はこの男を糾弾するのです」。

生き直すこと

死刑判決が下ったあと、ムルソーは動揺し、思索を重ねながら、次第に逃れられない死を受けいれる境地へ至る。そんななかで、父がギロチンを見に行ったという、母から聞いた話を思い出す。彼は、「死刑執行以上に重要なものは何もなく」、それは「人間にとってほんとうに興味深い唯一のこと」だと考える。不在の父はギロチンの記憶によってのみ想起されるが、のちに『ギロチンに関する考察』(一九五七年)において、カミュはこれが彼自身の父の挿話であることを明らかにする。

やがて独房を訪れてきた司祭に向かって、ムルソーは長広舌をふるい、無罪を主張して、みずからを正当化するための試みをおこなう。カミュ自身が、『手帖』のなかで、「ここで説明しているのは自分だ」と認めているように、ムルソーは作者の代弁者として、不条理についての考察を雄弁に展開するのである。「ぼくは正しかったし、いまも正しく、いつも正しいのだ」と彼は断言する。「ぼくの未来の奥底から、これまでたどってきたこの不条理な人生のあいだずっと、まだやってこない年月を通して、ひとつの暗い息吹がぼくのほうへ立ちのぼってくる」。『異邦人』において「不条理(absurde)」の語が使われるのはここだけである。死のメタファーである「暗い息吹」がすべてを等価にする。司祭も、そして「他の人たちもまた、いつか死刑を宣告されるだろう」。さらにムルソーは続ける。「殺人罪で起訴され、母の埋葬に際して涙を流さなかったことで処刑されたとしても、それがどうだというのか」。彼は自分が起訴されたのは殺人罪であるが、処刑されるのは母の埋葬に際して涙を流さなかったからだと明言する。

司祭を追い返したあと、ムルソーは夏の静寂のなかで平静を取り戻し、久しぶりに母のことを考える。

あそこ、いくつもの生命が消えてゆくあの養老院のまわりでもまた、夕暮れは憂愁に満ちた休息のようなものだった。死を間近にして、ママはあそこで自分が解放されるのを感じ、すべてを生き直すつもりになったに違いなかった。だれも、だれひとり、彼女のために泣く権利はない。そして、ぼくもまた、すべてを生き直すつもりになったのだ。

ムルソーは、母親にならって、すべてを生き直す用意があると言うが、彼にとって生き直すとは自分のこれまでの生を語ることである。語り手となったムルソーは、母の死に始まり、アラブ人殺害を経て、死刑判決に至るまでの物語を語り、そのことによって裁判制度の虚偽をあばきたてるだろう。私たちが読む『異邦人』の物語がこれである。

世界の優しい無関心

ムルソーの物語は、『幸福な死』のメルソーの物語と同じく、死を前にした主人公が抱く幸福の自覚で終わっている。

あの大きな怒りが、ぼくから悪を一掃し、希望を空にしてしまったかのように、このしるしと星に満たされた夜を前にして、ぼくは初めて、世界の優しい無関心に心を開いた。世界がこれほど自分に似ていて、兄弟のようだと知って、自分が幸福だったし、いまもなお幸福であると感じた。すべてが成就されるために、自分があまり孤独でないと感じるために、最後にぼくが望むことは、処刑の日に大勢の見物人が集まり、憎悪の叫びをあげてぼくを迎えることだった。

一七歳のときの発病以来、結核は何度も再発しカミュを苦しめた。「ルイ・ランジャール」の主人公は、恐怖に動転し、みずからを死刑囚になぞらえた。『結婚』では「ジェミラの風」において、「死との酷い対面」が語られた。この「意識された死」は『幸福な死』の主題でもあったが、カミュは、胸膜炎で死を迎えるメルソーの物語を未完成のまま放棄し、今度は処刑される男の物語を完成させることになった。ムルソーは人間の不条理を見つめて「意識された死」に覚醒し、若きカミュがルイ・ランジャールに託して憧憬していた死刑囚の平静を獲得するのである。そして、「ルイ・ランジャール」の「母の無関心」、および『裏と表』の一篇「肯定と否定のあいだ」で語られた「世界の無関心」は、『異邦人』において「世界の優しい無関心」へと変化を遂げる。

『異邦人』は、カミュにとって文学的出発となった「貧民街の母と息子」の物語、そして「ルイ・ランジャール」以来彼が思索を重ねてきた「死を宣告された男」「不条理」「無関心」の主題、それらの集大成であると言える。さらに、『アルジェ・レピュブリカン』の記者として何度も裁判を傍聴した体験が、作品の二部構成を可能にした。

最終場面では、殺人者であるムルソーが、キリストのように処刑されることにより潔白を保証される。実際、一九五八年に発表された『異邦人』の「アメリカ大学版への序文」において、カミュは、ムルソーのなかに「われわれに値する唯一のキリスト」を描こうとしたのだと述べた。

アラブ人たち

『異邦人』の作中人物たちは、二つのグループに分けることができる。ひとつは、ムルソーの恋人、友人、隣人たちであり、彼らはマリー、セレスト、レーモン、サラマノ、マソンといった名前をもっている。もうひとつのグループは、門番、院長、弁護士、予審判事、検事、司祭であり、彼らは社会的職能によって同定される。そしてこのどちらにも属さない人びとがいる。彼らは、ただアラブ人あるいはムーア人と呼ばれ、固有名も職名ももたず、民族名で呼ばれるにすぎない。

アルジェリアの植民地社会では、けんかが原因で白人がアラブ人を殺したとしても死刑になることはなかった。それゆえムルソーの過ちは別のところにある。すなわち、母親の埋葬における無感動な態度であり、涙を流さなかったことである。彼の裁判は、父親殺しの裁判のすぐあとにおこなわれ、検事は父親殺しを引き合いに出しながらムルソーに無意識的な母親殺しの罪を負わせる。アラブ人殺害は、ムルソーを母親殺しの罪で断頭台へ送るための道具立てとして使われている。

『異邦人』は、神話的ないし寓話的物語の性格が強く、時代の状況を反映していない。ムルソーも、他の作中人物も、同時代の歴史的事件であるスペイン内戦、全体主義の勃興、ドイツによるパリ占領、そして植民地の状況にまったく関心を示していない。作者カミュ自身が、ジャーナリストや演劇人としての活動を通じて、当時こうした政治的・社会的問題と積極的に取り組んでいただけに、『異邦人』におけるこの歴史性の不在は、ことさら特徴的に見える。しかしそれにもかかわらず、『異邦人』におけるアラブ人の存在は、やはりこの小説を歴史的状況へと投げ返すだろう。

この小説のなかでは、アラブ人は無言のまま何度もあらわれる。彼らの存在によって、歴史的アルジェリアはたしかに『異邦人』のなかに現存している。その意味で『異邦人』の政治的解釈は繰り返しおこなわれてきた。とはいえ、この作品では象徴的要素が重要な部分を占めており、歴史的アルジェリアは作家の目にとっての神話的アルジェリアと重ね合わされているのだ。

『シーシュポスの神話』

不条理三部作の一翼を担うエッセイ『シーシュポスの神話』(以下『神話』)は、一九三六年に着手され、四一年二月、オラン滞在中に完成した。四二年五月『異邦人』の出版が先行したあと、『神話』は数か月後、一〇月に同じガリマール社から刊行された。カミュは三部作の同時刊行を望んでいたが、戦時中の紙不足のため実現しなかった。原稿の段階で『異邦人』と『神話』の両方を読んだアンドレ・マルローは、四一年一〇月、カミュに宛てた手紙のなかで、「エッセイは小説に十分な意味を与える」ものだと感想を述べた。ガリマール社の関係者たちのあいだでは、サルトルよりもいち早く、『神話』は『異邦人』の解釈に役立つと見られていた。

冒頭には、古代ギリシャの詩人ピンダロスの『ピュティア祝勝歌第三』「おお、わたしの魂よ、不死の生を求めるな、可能なものの領域を汲みつくせ」が掲げられている。ヴァレリーが「海辺の墓地」にエピグラフとして引いたギリシャ語の詩句と同じものを、カミュは一九四〇年二月『手帖』にフランス語訳で書きとめ、さらに『神話』のエピグラフとして用いた。ヴァレリーは、偶像と不滅を否定しこの世の生への意志をうたう詩の冒頭に、カミュは、キリスト教的来世を否定し生の不条理をそのまま引き受けて生きることを説くエッセイの冒頭に、それぞれピンダロスの詩句を掲げたのである。

導入部で、カミュは二つの方針を述べる。ここで扱われるのは「不条理の哲学」ではなく「不条理の感性」であり、また不条理は「結論」ではなく「出発点」とみなされる。実際、以下に続く論考で不条理について語りつつ、カミュは哲学的思弁を展開するのではなく、不条理に対面した人間の態度を記述している。そこに彼自身の個人的な経験が反映していることは明らかである。家族の貧困、病気、結婚の挫折、生活費を稼ぐための労働、政治活動の失敗など、彼は若くして数多くの人生における不条理を体験したのだ。とりわけここで繰り返し言及されるのは、死すべき人間の宿命である。結核の闘病はつねに彼に差し迫った死を意識させたが、他方で彼は、この世の幸福に対して人一倍激しい渇望を抱いていた。だからこそ不条理は出発点なのであり、そこから幸福の宣言へ向かって、力業ともいえる推論を展開していく必要があった。

自殺から死刑囚へ

『神話』の冒頭で、カミュは「真に重大な哲学的問題はひとつしかない。それは自殺である」と述べ、「自殺は不条理に対する解決」となるのかどうかと問いかける。彼は不条理についての考察を展開してきた哲学者たち、ヤスパース、シェストフ、キルケゴール、フッサールを取り上げて、彼らの超越的救済を求める態度を「哲学上の自殺」と呼んで斥ける。

続いて、論述において大きな転換がなされ、カミュにとって自殺者以上に重大な主題である死刑囚が導入される。不条理な経験はむしろ自殺から遠いものであり、死の宣告こそが不条理の条件となるのだ。「自殺者の正反対のもの、まさしくそれが死刑囚である」。「いっさいが、いつ死ぬかもわからないという不条理によって、目もくらむばかりに激しく否認されてしまうのだ」。カミュは、刑場へと向かう囚人にみずからを重ね合わせ、その内面にまで入り込み、こう述べる。「ある夜明けに、牢獄の門が開かれるとき死刑囚が手にするあの神のような自由な行動可能性、生の純粋な焔(ほのお)以外のいっさいのものに対するあの信じがたい無関心」。カミュにあって、死を宣告された男の主題は限られた生を汲みつくそうとする熱い情熱と表裏一体である。「意識の操作だけで、ぼくは死への誘いであったものを生の規範に変えるのだ。――そして自殺を拒否する」。こうして、自殺が拒否され、自由、反抗、熱情が引き出される。

不条理な人間・不条理な創造

カミュは、「不条理な人間」の例として、ドン・ファン、俳優、征服者、作家を挙げるが、これはまさに著者自身の姿である。次々と誘惑を重ね、女たちの数を汲みつくすとともに自分の生の機会を汲みつくすドン・ファンは、来世に対するいかなる希望ももたず、不条理な人間の明晰さを保持する。より多く生き、自由でありたいと望むこの放蕩者は、生涯を通じて、カミュが憧れる人物像のひとつであった。一九三七年、彼はアルジェでプーシキンの『石の客』を上演し、ドン・ファンを演じた。また後述するように、五〇年代後半に第三の系列の作品を構想するようになると、カミュはドン・ファンとファウストを合体させた戯曲を計画する。

二番目の不条理な人間である俳優についての考察も、カミュ自身の個人的体験に根差している。一九三六年のアンドレ・マルロー『侮蔑の時代』から五九年のドストエフスキー『悪霊』まで、演劇への情熱に掻き立てられた彼は劇作家、翻案家、演出家、俳優として活動した。とりわけ俳優とは、限られた時間のうちに舞台でいくつもの人生を生きてみせ、明晰なまなざしで滅びやすいもののなかに君臨し不条理を明示する存在である。

そして、三番目の不条理な人間として挙げられた征服者は、観想より行動を選択し、その始祖は神々に反抗したプロメテウスである。この神話上の英雄にカミュは一貫して共感を抱いていた。

以上の三人に続く四人目の不条理な人間は創造者である。「不条理な創造」の章では、カミュは「最高度に不条理な歓びは芸術創造」であると述べ、「果たして不条理な作品は可能であるか」と問いかける。「不条理の創造者は自分の作品に執着しない」のであり、真の芸術作品は「本質的に〈より少なく〉語る作品だ」。この原理は『異邦人』において十分に尊重されているといえる。ムルソーの物語は、自分の作品に執着しない創造者が語るかのような口調で語られ、また雄弁を避けることによって古典的簡潔さを得ることに成功している。

幸福なシーシュポス

カミュは執筆中にはこの著作を「不条理論」と呼んでいたが、一九四〇年九月から四一年二月のあいだ、最後の「シーシュポスの神話」の章を執筆したとき、これを書物の表題にすることに決めた。すでに三六年『手帖』に、彼は「ひとはイメージによってのみ思考する」と書いており、大岩を山頂まで押し上げる行為を永遠に繰り返すギリシャ神話の登場人物シーシュポス（シジフォス）を、不条理の英雄のシンボルとして、自分の思想の中心に据えたのだ。

ぼくはシーシュポスを山の麓に残そう！　ひとはいつも繰り返し、自分の重荷を見出す。しかしシーシュポスは、神々を否定し、岩を持ち上げるより高次の忠実さをひとに教えるのだ。彼もまたすべてがよいと判断している。いまや主人のいないこの宇宙は、彼には不毛とも無意味とも思えない。この石の粒の一つひとつ、夜に満たされたこの山の鉱物質のきらめきの一つひとつ、それだけがひとつの世界を形づくる。頂上を目がける闘争それだけで、人間の心を満たすのに十分なのだ。シーシュポスは幸福なのだと思わねばならない。

このシーシュポスの姿に、カミュは、神々を侮蔑してみずからの重荷を背負う勇気と、未来を顧慮せず現在を汲みつくす情熱と、不条理への不屈の反抗を象徴させた。シーシュポスは、絶えず繰り返し、自分の岩へと向かって山の斜面を下りていく。彼の幸福は、限りない反復への意志によって支えられている。不条理な条件を意識することは、この条件の主人となることである。

だが、この不屈で勤勉なシーシュポスとは別に、怠惰で休息するシーシュポスの姿もカミュは描いている。一九四三年一月、彼は詩人のフランシス・ポンジュ(一八九九―一九八八)に手紙を書き、「不条理の考察の一終着点は、無関心と、全的な自己放棄――石の自己放棄なのです」と述べた。「そこでシーシュポスは自分が岩となり、自分を押してもらうために別なだれかを見つけねばならない」。この「自分が岩となる」シーシュポスには、『結婚』や『幸福な死』に見られた「石のなかの石」になる夢想との共通性が見られるだろう。カミュにあって、無関心や沈黙に惹かれる「石化の夢想」は根強く生き続けるのである。岩を押し上げるシーシュポスと、岩と化すシーシュポス。創造のための絶えざる努力と、不動性への傾き。この二つはともにカミュのものである。四五年一一月の『手帖』において彼はみずから確認している。「絶えざる努力によってこそ、ぼくは創造することができる。ぼくには不動性に向かう傾向がある」。みずからの内なる石化の誘惑を克服するためにこそ、岩を押し上げる力動的なシーシュポスがカミュにとって必要であったと言えるだろう。

2　パリの劇作家

ル・パヌリエからパリへ

一九四二年春、海辺の町オランに滞在中のカミュは、悪化した結核の療養のため高地で過ごすことを医者から勧められた。パリで『異邦人』が刊行されたあとの八月、教員のフランシーヌが夏休みに入るのを待って、二人は一年半滞在したオランを離れフランス本国へ行き、中央高地にあるル・シャンボン＝シュル＝リニョンの近くの村ル・パヌリエに住んだ。こうして一年余のル・パヌリエ時代が始まり、カミュは『誤解』および『ペスト』(一九四七年)に着手した。一〇月になり、フランシーヌが新学期のためアルジェリアに戻ったあと、一一月八日、英米を主軸とした連合軍の北アフリカ上陸が始まった。その三日後、これに対抗してドイツ軍は、全フランスを直接占領下に置き、南フランスの自由地帯を占領した。カミュは妻との連絡を絶たれてしまい、執筆中の『ペスト』には別離の主題が導入され、冬の山中における太陽への渇望は『誤解』に反映した。

ル・パヌリエで孤独な生活を余儀なくされたカミュは、結核の治療のため時どきサン＝テチエンヌに出かけ、また後述するようにリヨンでレジスタンス組織と接触した。一九四三年に入るとパリへも何度か行き、六月にはサルトル『蠅』の舞台稽古に立ち会い、この作家と知り合った。カミュとサルトルは、出身階層も、学歴も、生き方や考え方もきわめて異なっていたが、その友情は一九五二年の決裂まで続くことになる。

一九四三年一一月、カミュはパリに移り住むことを決め、一二月初め、ガリマール社の原稿審査委員として採用された。ル・パヌリエはその後も五二年まで、カミュにとって一時的療養の、あるいは家族とヴァカンスを過ごすための場所であり続けた。

『カリギュラ』の生成

不条理三部作のなかで最後に発表された戯曲『カリギュラ』は、もとはといえばアルジェで創設された仲間座のために書き始められた。のちにカミュは、「ごく単純に私はカリギュラの役を演じたかったのだ」(一九五七年、「アメリカ版戯曲集への序文」)と述べる。それまで集団創作や翻案にたずさわっていた彼は、ここで古代ローマの歴史家スエトニウスが著した『ローマ皇帝伝』を素材にして、暴君とされるカリギュラをめぐる本格的な戯曲執筆に取り組むことになった。

一九四一年二月、オランにいたカミュは『カリギュラ』をひとまず完成させるが、四二年夏、ル・パヌリエへ移ってから断続的に改稿を続けた。その過程で、ニーチェの影響が見られた哲学的悲劇は、次第に政治的性格を帯びるようになった。劇中でカリギュラは、自分の統治は幸福な時代であり、ペストも、邪宗も、クーデタもなかったと述べて、「おれがペストに代わるのだ」と宣言する。当時ナチズムは「褐色のペスト」と呼ばれていた。反ファシズムの戦いを通じて、カミュは独裁者カリギュラに対抗する理論家の貴族ケレアの役割を拡大し、レジスタンスの闘士としての性格を与えた。この改稿がなされたのは、後述する『ドイツ人の友への手紙』(一九四五年)や『ペスト』の執筆が続けられる時期であり、カミュは「不条理」から「反抗」へと至る道筋の模索を続けていた。

一九四四年五月、『カリギュラ』は『誤解』と合本で出版され、戦後の翌四五年九月二六日、パリのエベルト劇場で初演された。タイトル・ロールを演じた若いジェラール・フィリップ(一九二二―一九五九)に注目が集まり、芝居は好評を得たものの、カミュは慎重な態度で『手帖』にこう記している。「三〇もの論評。〔……〕名声！　それは最上の場合でも、ひとつの誤解である」。

初演時に『フィガロ』紙のインタビューに答えて、カミュは、カリギュラの過ちは「人間を否定したこと」であり、「彼の物語は高度な自殺の物語」であると述べた。神々への挑戦から出発した皇帝の野望は、結局は自己破壊に行きつく。このインタビューがなされた第二次大戦終結直後、『ペスト』の執筆に苦労しながら、カミュは新たなモラルを探し求めていた。その後『カリギュラ』は一九四七年に加筆され、さらに最終版の五八年まで何度か手が加えられ、カミュはこの戯曲になみなみならぬ愛着を抱き続けた。カミュの戯曲作品のなかで、『カリギュラ』はその後もっとも上演回数の多い作品となり、九二年には「コメディ・フランセーズ」のレパートリーに入った。

生への愛

不条理の系列以前の作品、『裏と表』『結婚』において、「生きることへの愛」は人間の死すべき運命との対決を背景にして表明された。不条理三部作においても、それは変わらない。『異邦人』では、死刑囚となったムルソーは最後までこの世への愛を失うことがない。『シーシュポスの神話』では「死を宣告された男」の主題が導入されたあと、生への情熱が肯定される。そして『カリギュラ』の主人公であるローマ皇帝もまた、生への強い愛を抱く点ではいささかも後れをとらない。

『手帖』には、一九三七年一月、『カリギュラ』の最初のプランがあらわれる。そこでカミュは、幕が下りたあと、ふたたびカリギュラが登場し観客に向かって直接語りかける場面を構想している。

いいえ、カリギュラは死んではいない。彼はここにいる、ここにいるのだ。彼はあなたがた一人ひとりのなかにいるのです。もし権力があなたがたに与えられたなら、もしあなたがたに勇気があれば、もしあなたがたが生を愛したならば、あなたがたのなかにあるこの怪物あるいは天使が鎖を解き放たれるのを見ることになるでしょう。

カリギュラが再登場するこのアイデアが採用されることはなかったが、人生を愛する皇帝の姿は、戯曲のなかに歴然とあらわれている。彼がこの世の不条理に耐えられず、神々への反抗を試みるのは、生に対する激しい愛ゆえである。病気の皇帝が恢復するなら自分の命を投げ出してもいいと宣言したカシウスに向かって、カリギュラは、自分は恢復したからおまえの命をもらうと宣告する。そして、こう言い添えるのだ。「人生を、そうだ、もしおまえが人生を十分に愛していたなら、そんなにも軽率に命を賭けたりはしなかっただろう」。

生を愛するカリギュラはまた潔白な若者でもあった。第一幕の幕が上がると、貴族たちが口をそろえて、出奔した皇帝について、彼は文学に夢中の少年であり、「まだ子どもなのだ」と言う。カミュにあって子どもは無垢を体現する存在である。だが、三日間の放浪ののち、舞台に登場したカリギュラはすでに変貌を遂げている。妹であり恋人であるドリュジラの死をきっかけに、彼は人生の不条理に覚醒し、貴族たちに向かって、単純だが担うには重いひとつの真理を発見したと言う。「人はだれもが死ぬ、だから幸せではない」。

世界の不条理が課す不正に対して、絶望的な反抗の声が発せられる。カリギュラは、皇帝の権力を最大限にふるい、自分自身が残酷な宿命に成り代わろうとして、こう宣言する。「われわれの必要に応じて、この連中を、勝手に定めたリストの順序に従って殺していくとしよう」。無慈悲な神々の殺人をまねる暴君の行為は、神々への挑戦であり、また同時に彼が言うように、貴族たちにこの世の不条理を知らしめようとする「教育」でもある。

シピオンとケレア

カリギュラが暴君に変貌したあと、三年が経過して、第二幕、第三幕へと続く。この皇帝の周囲に、カミュはシピオンとケレアを配した。

シピオンはスエトニウスにはなく、カミュが創造した人物であり、『結婚』に見られた無垢な光に満たされた自然の讃歌をうたう詩人としての役目を担っている。第二幕の終わりに、カリギュラとシピオンが、「大地と人間の足とのひとつの調和」を主題とした詩を二人で朗誦する場面がある。感動するシピオンに向かって、不条理の論理に忠実であろうとする皇帝は冷たく言い放つ。「おまえは善のなかで純粋なのだ、おれが悪のなかで純粋であるように」。カリギュラはシピオンの潔白を羨望しているが、彼自身は自分の潔白を断念したのだ。メルソーやムルソーとは違って、殺人者は無垢ではあり得ないことを彼は知っている。対話の最後に、カリギュラはシピオンの詩には「血が欠けている」と言って、若き詩人を怒らせることになる。

カリギュラに父を殺されたシピオンは、殺人の誘惑が抗しがたいと感じている。しかし彼は、有害な皇帝を排除しようとするケレアの誘いに応じることはなく、殺人に手を汚さず、潔白なまま旅立つことになる。すでに殺人に手を汚し、後戻りできないカリギュラと、その手前で踏みとどまるシピオン、カミュは二人の異なった青年像を提示した。

カリギュラの横に配されたもうひとりの人物、それは年長の世代に属するケレアである。彼は皇帝の狂気じみた行動の意味を理解している。「論理的であろうとすれば、私は殺したり、所有したりせねばならないでしょう」。彼は自分もまた殺人者になる可能性があることを承知している。だが、自由を無際限に推し進めるならば、「生きることも、幸福になることもできない」のであり、有害な皇帝は消え去るべきだとケレアは断定する。

カリギュラは、ケレアが自分を殺そうとしていることを知りつつも、それを阻止しようとはしない。陰謀の証拠である書字板に松明(たいまつ)を近づけた彼は、文字を刻んだロウが溶けていくのを見ながらこう言う。「おまえの顔に潔白の朝が立ちのぼるのだ。〔……〕なんと美しいことだ、潔白の人間とは、なんとも美しい。おれの力に感嘆するがよい。神々でさえも先に罰してからでなくては潔白にすることができないのだ」。神々の殺人をまねることでカリギュラは潔白を失った。ここでは潔白をケレアに与える演技をすることによって、彼は神々にもできないことをなそうとする。だが、ケレアのほうでは、そのような偽りの潔白を望んではいない。彼は有害な皇帝を排除するという自分の使命を果たすのである。

『シーシュポスの神話』において、カミュは不条理の考察の最後に幸福なシーシュポスを思い描いた。しかし、『カリギュラ』では、不条理と幸福との関係について、良心的で勇気ある市民の代弁者であるケレアにこう言わせている。「私は生き、そして幸福になりたいのです。不条理をその結論まで推し進めれば、そのどちらも手に入らないと思うのです」。

一九三七年の『手帖』に早くもあらわれ、青年期に着想された『カリギュラ』は、同時に成熟期の作品の主題と語法を備えており、ここにはカミュの世界が凝縮された姿であらわれている。シピオンは不条理に至る以前のみずみずしい感性を代表し、カリギュラは不条理の意識と反抗をその極限の姿で体現し、そしてケレアは節度と連帯のモラルを予示的に表している。

暴君の最後

カリギュラは最後まで論理的であろうとするが、その論理は過剰のあまり狂気と重なり合うことになる。最終場、舞台でひとり、鏡に映った自分の姿を見て、カリギュラは自分の罪を自覚する。「カリギュラ！　おまえにも、おまえにも罪がある。そうではないか、少し多いか、少ないかだけだ！」。カミュは『カリギュラ』を一九四一年にひとまず書き上げたあと、一九四四年版では、最終場を書き直し、二か所で潔白という語を加えた。

自分にも罪があると認めたあと、カリギュラはこう言うのだ。「だが、裁き手のいないこの世界、だれも潔白ではないこの世界で、だれがおれを糾弾できようか！」。だが、そのあとで、彼はケレアと貴族たちが自分を倒そうと準備する武器の音におびえる。「潔白が自分の勝利を準備しているのだ。どうしておれが彼らの立場に立てないのだ！」この世界ではだれも潔白ではないと断言したカリギュラは、そのすぐあとで前言を修正し、自分を殺す者たちの潔白を、そしてその潔白の勝利を認め、さらに自分が彼らの立場、すなわち潔白の立場に立てないことを嘆いている。

それまでケレアを別にして、貴族たちはつねにカリギュラによって侮蔑され嘲弄されてきた。カミュがなぜこのような唐突とも見える加筆をおこなったのかを考えるには、一九四一年と四四年の時代の変化が反映していると見るのが適切だろう。改稿の過程で、カリギュラはナチズムを体現するようになり、それを打倒する貴族たちにはレジスタンスの闘士の性格が与えられた。最後には罪深い独裁者が潔白な闘士たちによって倒され、潔白が勝利を収めるという物語を、カミュは採用したのである。

さらに、カミュはカリギュラに、「おれは進むべき道を選ばなかった。おれはどこにも行きつかない。おれの自由は間違っている」と語らせる。この自己否定は、戯曲の当初の意図とは異なるモラルの認識へと主人公を導くことになった。

『誤解』の上演

もうひとつの戯曲『誤解』は、不条理三部作からは遅れて、ル・パヌリエ時代の一九四三年三月あるいは四月から執筆され、カミュは夏のあいだは『カリギュラ』に専念するためにこれを中断し、九月に完成させた。はじめ彼は『誤解』を「反抗」の系列の作品に入れていたが、最終的には「不条理」に入れた。実際、これは二つの系列にまたがる期間に書かれたのである。

執筆は『カリギュラ』のほうが先だったが、上演は『誤解』が先行した。一九四四年五月、『誤解』は『カリギュラ』と合本で出版されたあと、六月二三日、マチュラン劇場で、マルセル・エランの演出により初演された。ドイツ軍占領時代のパリでは普段と変わらず演劇活動がおこなわれていたが、ノルマンディーに上陸した連合軍がパリに進んできたため、七月二四日から一〇月一六日までは上演が中止された。マルタを演じたマリア・カザレス(一九二二―一九九六)は、三六年スペイン内戦を避けてフランスに亡命してきた政治家の娘であり、四二年以来マチュラン劇場の舞台に出ていた。この情熱的な女優とカミュは意気投合して、『誤解』の舞台稽古のあいだに急速に親しくなり、二人は人目をはばからずにナイトクラブへ出かけて踊った。

『誤解』は一七世紀に隆盛を誇ったフランス古典劇のスタイルを守った悲劇である。事件は二四時間のうちに終結し、全三幕を通じて舞台は中央ヨーロッパの地方都市にあるホテル内に限られる。登場人物としては、兄ヤンと妹マルタ、ホテルを切り盛りする母の三人を中心に、最初と最後に少しだけあらわれるヤンの妻マリア、そしてせりふを二つだけ与えられた老召使、実にシンプルな構成だ。故郷に戻った息子ヤンが、ほんの気まぐれから他人を装ったため母親と妹に殺されてしまうという、運命の不条理を主題にした作品である。この筋立てを、カミュは新聞記事から得た。一九三五年一月六日、アルジェの新聞『レコー・ダルジェ』は、ベオグラード(現セルビア共和国の首都)で実際に起きた母親による息子の誤認殺人事件を伝えた。『異邦人』においてムルソーが独房で読む古新聞の断片は、この事件とほぼ同様の内容を伝えている。ムルソーはこう考える。「この旅行者は少し罰を受けるに価したし、それにけっして演技をしてはいけないのだとぼくは思った」。ムルソーは「演技」を拒否して、社会的規範を侵したためによそ者=異邦人とみなされ断罪されるが、『誤解』のヤンはみずからよそ者を演じて命を落とすことになる。

母と息子の物語

カミュは、『誤解』の草稿執筆中、一九四三年七月一七日、ジャン・グルニエに「これは失われ、ふたたび見出されなかった楽園の物語です」と書いた。『裏と表』に収められた「肯定と否定のあいだ」では、「唯一の楽園とは失われた楽園である」と記されたが、カミュにとって失われた楽園は母親の思い出につながるものである。母親の沈黙を前にして、少年カミュは自分が「よそ者」であるかのように感じ、母に向けて発する適切なことばを見つけることができなかった。この母と息子の主題が、『誤解』執筆の出発点にある。草稿では、ヤンとマリアの対話からなる「プロローグ」が予定されていた。そこでカミュはヤンに、「子どものときから、母の無関心とよそよそしい態度には、ぼくはいつもとまどったものだ」と語らせている。また、完成稿でも、ヤンは、二〇年前に自分がこの家を出ていったとき、「母は接吻もしに来てくれなかった」と語る。この愛情表現の不得手な母との絆を回復するため、彼は故郷に戻ってきた。「ぼくは自分の国を取り戻し、愛するものすべてを幸福にしたい」。

マルタが宿泊者名簿に記入するとき、ヤンは年齢を三八歳と告げるので、彼が家を出た二〇年前は一八歳だったとわかる。これは結核の発病後、カミュが母の家を出た年齢とほぼ一致する。ヤンは、新約聖書で語られる「放蕩息子の帰宅」のエピソードを期待して戻ってきたものの、悲劇的結末を迎えることになる。カミュはアルジェの仲間座時代に、ジッドの『放蕩息子の帰宅』の翻案をおこなった。貧しい自分の家族と母のもとを離れて、知識人の世界へと入り込んだカミュにとって、この主題は身近なものと感じられたに違いない。

対面した母を前にして、ヤンはよそ者のふりをして、自分の演技の罠にとらわれたまま、最後までそこから解放されることがない。あとでマリアが言うように、彼は「必要なことばを探しているあいだに殺されてしまった」のだ。カミュは、一九五七年「アメリカ版戯曲集への序文」において、『誤解』については「もし息子が〈ぼくです、これがぼくの名前です〉と言っていたならば、すべては違っていただろう」と述べている。「もっとも単純な率直さともっとも正確なことばを用いることによって」、人間は自分自身と他人を救うことができるのだ。

幕切れ前に、母がそれと知らずに殺してしまった息子への愛を、娘のマルタに向かって語る。「母親が息子に抱く愛情、それがいまでは私の確信なのさ」。さらに、息子のあとを追って死へと向かう前に、母はこう断言する。「この愛は私にとって大切なものだよ、だってそれなしでは生きることができないのだからね」。カミュはこうして、ヤンが聞くことができなかった愛のことばを、彼の死後、母に繰り返し言わせることになる。『異邦人』におけるムルソーの母、後述する『ペスト』におけるリユーの母と同様、この母には名前がない。カミュの作品における母親はただ端的に母であり、個別性を超えた存在としてあらわれる。

太陽への渇望

舞台は中央ヨーロッパのホテルの一室であるが、登場人物の口からは、地中海沿岸の国を想起させることばが繰り出される。幕開けからマルタは自分の生まれ育った土地を「日陰の国」

と呼んで、激しくのろい、「太陽があらゆる疑問を消してくれる国」への憧れを語る。『誤解』が執筆されたのは、一九四三年、ル・パヌリエであった。作者の故郷アルジェリアへの思いは、マルタの太陽への渇望としてあらわれた。また、ここには、一九三六年中央ヨーロッパを旅行した際の暗い体験の反映も見られる。『裏と表』の「魂のなかの死」に描かれたプラハのホテルの一室で死ぬ男は、『誤解』のヤンを予示するかのようである。

マルタと異なり、兄のヤンは若いときにこの土地を離れ、「海と太陽の国」へ行くことができた。母と妹に幸福をもたらそうと、彼は妻を伴って故郷に帰ってくる。マルタを前にして、ヤンは『結婚』に描かれたような南の国の自然の魅力を語る。「あの土地では春はむせかえるほどです。花は白い壁の上で幾千となく開きます」。だがヤンの話は、マルタに殺人の決意を固めさせる結果になる。

ヤンの妻マリアは、太陽の国からやってきた。「このヨーロッパはとても悲しい」、「ここには幸福は見つからない」と言って、一刻も早く自分たちが幸せであった国へ戻ることを願う。カミュの戯曲において、彼女は『戒厳令』(一九四八年)のヴィクトリア、『正義の人びと』(一九四九年)のドーラに先駆けて愛の権利を主張するヒロインである。自分の空しい夢を追いかけるヤンに向かって、彼女はこう言うのだ。「愛しているときには、夢を見たりはしないものよ」。

殺人者マルタ

『幸福な死』を殺人の場面で始めたカミュは、その後も不条理の系列の作品群において、ムルソー、カリギュラと、殺人者たちを主人公にした。『誤解』には殺人者は二人いる。マルタとその母である。宿泊者の金品を奪うため、二人はこれまですでに何度か殺人を犯してきた。しかし、母親のほうはいまでは殺人に疲れて、今回を最後にしたいと言う。そして、ついには殺した男が息子であることを知ると、そのあとを追って死へと向かう。

『幸福な死』においては、ザグルーがメルソーに幸福になるために必要な金を与え、そのザグルーの教唆と同意のもとに殺人がなされた。他方で、マルタが夢見る国に行くためには宿泊客を殺して金を強奪する必要がある。マルタはヤンに向かって、「人間らしいものとは、私が望んでいるもの」であり、「それを手に入れるためなら、行く手に何があろうとすべてを踏みつぶして行くと思います」と言う。草稿を読んだジャン・グルニエは、登場人物のなかではマルタがいちばん成功していると書いた。なぜなら「彼女がいちばん君に似ているし、君のほとんどすべてを表明しているからだ」。犯罪の容認は別としても、太陽の国への激しい希求は作者のものである。

ヤン殺害に手を染める前、マルタは母に向かってこう言う。「そうよ、彼は無警戒すぎるのよ、潔白な人間だといわんばかりの態度がやたらと目につくわ」。この潔白が罪深いマルタを苛立たせる。カミュの作品に登場する殺人者たちの大部分は、多少とも潔白への渇望を抱いているが、マルタはむしろ潔白への軽蔑を示す点において特異な存在であるといえる。当然のことながら、彼女は太陽がすべてを焼きつくす国、すなわち無垢の国へ行く資格はなく、この日陰の国で果てることになる。

メルソー、ムルソー、カリギュラ、マルタ、これらの殺人者たちは、病死、処刑、暗殺、自死とその形態はさまざまであるが、全員が物語の終わりにおいて死を迎える。ただ前二者の殺人者が潔白を保ったまま死を迎えるのに対して、あとの二人は罪深い殺人者として死んでいくのである。

第３章

反抗の時代

──「われ反抗す，ゆえにわれらあり」

『戒厳令』出演中のジャン・ルイ・バロー(左)，マリア・カザレス(中)とカミュ

1　レジスタンスから解放へ

パリ解放

戦後レジスタンス派の新聞『コンバ』の編集長としても名声を博することになるカミュだが、そのレジスタンス活動は、一九四一年一月から一年半にわたって滞在したオランですでに始まっていた。休戦協定によって対独協力が義務づけられていたヴィシー政府は、フランス本国のみならず統治下にあったアルジェリアにおいてもナチスドイツにならって過酷なユダヤ人政策をとった。カミュは、オラン当局によって公教育から締め出されたユダヤ人の生徒を私塾で教え、友人たちとレジスタンスにかかわった。ユダヤ人支援の活動は、四二年夏以降のル・パヌリエにおいても続けられ、カミュは地元の組織と接触した。さらに彼はサン゠テチエンヌやリヨンへ出かけ、そこでルネ・レイノー(一九一〇―一九四四)、フランシス・ポンジュら、レジスタンス活動をおこなう詩人たちとの交流が始まった。

パリに居を移した一九四三年秋以降、その活動は本格化し、レジスタンス組織からの要請を受けたカミュは、パスカル・ピアの勧めもあり、翌四四年三月から地下新聞『コンバ』に参加する。この時期『コンバ』の記事は匿名で発表されたが、文体や主題から判断して五、六本はカミュの手になるものと推測されている。非合法での発行を経て、八月二一日、パリ解放が近づいたとき、カミュが署名した最初の論説が『コンバ』に掲載され、新聞はパリの街頭で呼び売りされた。彼の論説は「レジスタンスから革命へ」と題され、このことばは以後数年間、新聞の第一面に掲げられた(図5)。

　数か月のあいだほとんど毎日、カミュは編集長として時評を発表し続けたが、この時期のキーワードは「モラル」と「革命」

EDITION SPÉCIALE

COMBAT

LUNDI 21 AOUT 1944

DE LA RÉSISTANCE A LA RÉVOLUTION

L'insurrection fait triompher la République à Paris

LES TROUPES ALLIEES SONT A SIX KILOMETRES DE LA CAPITALE

Le combat continue...

HEURE PAR HEURE

deux jours de lutte dans la rue

SAMEDI

LE PEUPLE EN ARMES

De la Résistance à la Révolution

DE GAULLE A CHERBOURG

Ce que nous savons

Ce que nous voulons

VON KLUGE CHERCHE UNE LIGNE DE REPLI

Mais les Américains le talonnent sans merci

A notre portée

Une ligne de repli

COMBAT PARAIT TOUS LES MATINS après quatre ans de lutte clandestine

DERNIÈRE MINUTE

図5　「レジスタンスから革命へ」『コンバ』1944年8月21日

である。一九四四年八月二五日、パリは連合軍によって解放された。その前日、八月二四日の論説は情熱的な語調で書かれた。「権力のためではなく、正義のために、政治のためではなく、モラルのために、自分たちの国を支配するためではなく、国を偉大にするために」。『コンバ』の熱望は政治についてモラルのことばで語ることであった。そして、「モラル」と「革命」は直結していた。九月四日、カミュはこう書く。「われわれは政治を排除して、その代わりにモラルを置くことを決定した。それこそ、われわれが革命と呼ぶものである」。九月一九日の論説は、「この四年間レジスタンスを支えたのは反抗である」と始まり、こう続いている。「反抗が精神のなかに移り、感情が思想となり、自発的な激情が合議による行動に変わる時がくる。それは革命の時だ」。だが「革命」という語は、この時期、解放を喜ぶ人びとによって多様な意味を含みながら用いられていた。その相違は次第に顕在化してくるだろう。そして、カミュもまた、自分のレジスタンスへの参加は革命を目指すものではなく、祖国への愛と、共和制の支持と、モラルの観念に基づくものであると気づくようになる。

『ドイツ人の友への手紙』

ル・パヌリエ時代の一九四三年七月から、パリに移住したあと『コンバ』の編集長になるまでのほぼ一年間、カミュはレジスタンス派の新聞に三通の手紙を発表した。これに未発表の第四信を加えた『ドイツ人の友への手紙』が、戦後の四五年一〇月、ガリマール社から刊行された。

エピグラフにはパスカルのことばが掲げられている。「人は一端に触れることではなく、同時に両端に触れることによってこそ偉大さを示すのだ」。これはのちにカミュが『反抗的人間』で示す「限界の思想」の最初のあらわれである。対立する二項の片方を激化させるのではなく、両方のあいだの緊張を維持すること、カミュはそれを「節度」と呼ぶことになるだろう。

一九五〇年、カミュは「一九三九年に戦争が始まったとき私は平和主義者だったが、終わったときはレジスタンスの活動家だった」と語った。『ドイツ人の友への手紙』はこの変貌を明確に示すものだ。四通のうち最初の二通は、戦闘への参加決意に至るまでに必要であった「長い迂回」を語る。レジスタンスに加担した彼は、友愛、正義への情熱、祖国愛、戦争への憎悪、暴力を用いる権利など、すでに存在していた数々の価値を結び合わせ、階層化して、戦闘に参加するための大義を見出さねばならないと考える。そのためには時間が必要であった。この長い迂回と、そのあいだに支払った高価な代償が、フランス人に正義を与えると彼は考える。「私たちは清らかな手のままこの戦争に参加したのであり、清らかな手のままそこから出るだろう」。こうしてカミュは、戦争における「私たちフランス人」の潔白を、名宛人であるドイツ人の友に向かって宣言する。「私たちには確信と、道理と、正義がある」。

四通の手紙は、二人の友を結びつける、あるいは分断する個別の主題をめぐって書かれている。祖国への愛を論じた第一の手紙のあと、第二の手紙では知性と力の対立、第三ではヨーロッパの概念が問題となり、フランス人とドイツ人のそれぞれが近い地点から出発しながら、いまではその相違が明確となり、友情に終止符を打つ時期がきたことが明らかにされる。

第四の手紙では、戦後のビジョンが語られる。フランス人もドイツ人も、それまでは「この世界には上位の道理は存在しない」と信じており、ともに不条理のニヒリズムを標榜していた。しかし、ニーチェ思想から出発しながらも、カミュはここでニーチェの「大地への忠誠」(『ツァラトゥストラはこう語った』序説)という概念によってそれを補正し、ドイツ人の友とは異なった道をたどり始める。「大地に忠誠であるために、私は反対に正義を選んだ」と、カミュは主張する。「私は、いまでもこの世界には上位の意味はないと信じ続けている。しかし、世界には意味のある何かが存在すること、それが人間であることを知っている。なぜなら唯一人間だけが意味をもつことを要求するからだ」。カミュは、不条理の世界、意味無き世界にあって、少なくとも「人間の真実」が存在すると確信する。

ここで明示された戦闘への参加決意のためには、過去の平和主義と決別するだけでなく、それまでのカミュの作品に登場したメルソー、ムルソー、シーシュポス、カリギュラ、マルタたちの孤独な反抗、すなわち人間の置かれた条件や神々に対する闘いから、連帯による反抗、すなわち共通の敵に対する闘い、必要とあれば他の人間たちに対する闘いへと移行しなければならない。この個人から連帯へ、不条理から反抗への転換についての観念は、『コンバ』に発表される論説や後述の「反抗に関する考察」(一九四五年)において深められていくだろう。

カミュが採用したのは、架空のドイツ人に宛てた手紙という形式である。相手のドイツ人はけっして直接語ることはなく、そのことばはフランス人の筆者によって引用されるだけである。筆者は、ドイツ人に語らせ、その発言を報告し、注釈し、誤りを指摘し、批判し、相手が議論に参加しているかのように架空の対話を作り上げた。対話を装うこの技法を、のちにカミュは『転落』(一九五六年)でも用いることになる。

対独協力者粛清の問題

解放と勝利の高揚がひとまず落ち着くと、戦後処理の困難な問題として、大戦中にナチスドイツに協力したフランス人たちに対する粛清が議論されるようになった。早くも一九四四年八月三〇日、カミュは『コンバ』でこの問題を取り上げ、ドイツ占領下で犯された犯罪は赦しがたいと述べた。「明日語るのは憎悪ではない。記憶に基づく正義そのものなのだ」。粛清は「必要」であり、いわば進行中の革命の保証として、カミュは粛清が厳格なものであることを望んだ。

他方でその二か月後、一九四四年一〇月一九日、カトリック作家のフランソワ・モーリアック(一八八五―一九七〇)は、『フィガロ』紙に一文を寄せ、革命の正義の行き過ぎを指摘し、「国民的和解」を求めた。これに対して一〇月二一日、カミュは『コンバ』で、「不可能な赦しと、必要な革命というものがある」と言明した。彼はさらに、ナチスによって殺された自分の仲間を想起し、一〇月二五日にはこう述べる。「われわれは、それがきわめて不完全であることは了解のうえ、人間の正義を引き受けることを選んだのだ。ただ、必死に維持される誠実さによって、それを修正していくことだけを願っている」。こうしてモーリアックとのあいだに論争が展開され、翌四五年一月一一日、カミュはこう書いた。「粛清について、私が正義を語るたびに、モーリアック氏は慈愛を語る」。

そうする間に、対独協力者であったとして、作家ロベール・ブラジヤック(一九〇九―一九四五)の罪が問われ、裁判が始まった。モーリアックは恩赦を求める活動を起こした。カミュは悩んだ末に、『コンバ』紙での立場とは離れて、死刑に反対する個人の資格で助命嘆願書に署名した。だが、一九四五年二月、ブラジヤックは処刑され、カミュは大きな衝撃を受けることになった。

モーリアックとの論争には後日談がある。一九四六年一二月、カミュは、パリのラ・トゥール＝モブールにあるドミニコ会修道院で講演をおこなうが、そのテクストを『アクチュエル、時評一九四四―一九四八』（一九五〇年）に収録する際に、粛清をめぐる論争を振り返り、「モーリアック氏が正しかった」と認めた。粛清についての考察は、正義、暴力、歴史についての概念をいっそう練り上げるようにカミュを導いたのである。四八年夏、彼は『手帖』に書いている。「正義に仕えていると信じながら不正を犯したことの悲痛な思い」。

セティフの反乱

アルジェリアにおける反植民地運動は第二次大戦前から組織されていたが、一九四五年五月八日、コンスタンティーヌ県のセティフとゲルマにおいて、イスラム教徒の大規模な反乱が起こった。ヨーロッパ人のあいだに一〇〇人ばかりの死者が出たが、フランスによる鎮圧の犠牲者は数千人以上にのぼった。四月一八日からアルジェリアに滞在したカミュがフランスに帰国した翌日のことであった。この事件の調査をおこなったカミュは、五月一三日から二三日まで『コンバ』に八本の記事を発表し、「アルジェリアを憎悪から救うのは正義である」と訴えた。だが、彼の願いとは別に、このセティフの虐殺を契機に、アルジェリアのナショナリズム運動の急進派は穏健派と手を切って武装闘争への道を進んでいくことになり、やがてそれは、九年後の一斉蜂起(アルジェリア戦争勃発)へと至るのである。

極東ではまだ第二次大戦が続いていた。一九四五年八月六日、広島に原爆が投下された。多くの新聞がこれで戦争が終結するとの安堵を表すなかで、投下の二日後、カミュは『コンバ』で、「機械文明は野蛮さの最終段階に達した」と書いた。これはヨーロッパのジャーナリズムのなかで、もっとも早い時期になされた慧眼の警告であった。その後、五七年一二月のノーベル賞受賞演説においても、カミュは今日の世界が「核による破壊に脅かされている」と指摘することになる。

「反抗に関する考察」

解放の時代に熱烈に期待された「革命」ではあったが、平時の落ち着きが戻ってくると、次第にその意味を変えていった。「レジスタンスから革命へ」と唱えたカミュ自身も、一九四五年、『レグジスタンス』に発表した「反抗に関する考察」では、革命に対して距離をおく姿勢を打ち出した。

第一章冒頭において、カミュはまず「反抗的人間とは何か?」と問いかけ、それは「否(ノン)と言う人間」であると同時に「諾(ウィ)と言う人間でもある」と定義する。反抗は個人を超えたある価値を擁護するためになされ、その価値に対して諾というのだ。不条理の体験のなかにおける悲劇は「個人的なもの」であったが、反抗の動きが始まりだすと、悲劇は「集団的である」ことを自覚する。「これまでたったひとりの人間が感じていた悪が集団的ペストとなる」。当時カミュは、反抗による連帯を主題とした小説『ペスト』の執筆に力を注いでいた。

反抗についての観念を明確にするため、カミュは第二章で、考察を革命へと振り向ける。あらゆる革命には「対立しあう反抗の動きを引き起こす段階」があるから、革命は永遠に未完了となり、「反抗の運動が繰り返される」。カミュの歴史観を特徴づけるシーシュポス的反復をここにも見出すことができるだろう。最後の第三章においても、カミュは反抗が「肯定と否定とのあいだの往復運動」であることを確認し、不条理に関する推論を反抗のなかに移すべきであると述べる。

『シーシュポスの神話』において、カミュが不条理の考察の帰結として挙げたのは、自由、反抗、熱情であった。カリギュラやマルタは、この世の不条理に対して反抗の叫びをあげた。反抗は早くからカミュにとっての重要な主題であったが、戦争とレジスタンスの経験を経て、孤独から連帯の次元へと進展し、革命との相違が考察された。「反抗に関する考察」で提示された思想の素描は、のちの大著『反抗的人間』へと発展する。

「犠牲者も否、死刑執行人も否」

一九四五年九月以降は『コンバ』の第一線から遠ざかっていたカミュだが、四六年一一月には注目すべき一連の論説「犠牲者も否、死刑執行人も否」を同紙に発表した。表題が端的に表しているように、政治的殺人の避けがたい時代にあって、その犠牲者となることも、加害者となることも拒否する方途を探し求めようとする、カミュの困難な試みを示している。それまでの『ル・ソワール・レピュブリカン』『ドイツ人の友への手紙』『コンバ』「反抗に関する考察」に表明された思想を再検討して深化させたものであり、この時期に準備中であった『反抗的人間』の基本概念もここに見出すことができる。

カミュは、冒頭の論説「恐怖の世紀」で、説得と対話がもはや不可能となり、人間が歴史に委ねられ、世界の美が忘れられている恐怖と殺人の時代に関する暗い診断をおこなったあと、次の「身体を救う」では、自分の確信として、「すべてを救うという希望」をもつことはできないが、「少なくとも身体を救うこと」は提案できると言う。続くいくつかの論説で、彼は、共産主義と資本主義のイデオロギーが対立する国際情勢を診断し、正義と対話に基づく国際秩序と「新たな社会契約」が必要だと述べる。

最後の論考「対話へ向けて」において、カミュは、「歴史の論理」がわれわれを押しつぶす時代にあって、自分は決意したと言う。かつて正義のためには粛清が必要だと主張した彼は、ここで「私はもはや、殺人を甘受する人びとの仲間にはなるまい」と述べる。この決意は、殺人に同意することを拒否する『ペスト』のタルーへと受け継がれていくだろう。たしかに歴史から「抜け出すことはできない」が、「歴史に所属しない人間のあの部分を保持するために、歴史のなかで闘うと主張することはできる」。かつて自然は歴史に打ち勝つと宣言したカミュは、歴史のなかで闘いながらも、歴史を超えたものを見据えようとするのだ。

「犠牲者も否、死刑執行人も否」は一九四七年に『カリバン』誌に再掲され、それがきっかけで四八年、共産党シンパの作家エマニュエル・ダスティエ・ド・ラ・ヴィジュリは、カミュが「政治から逃れ、モラルに逃避している」と批判して、二人のあいだで論争が始まった。この論争において、カミュは初めてソヴィエト連邦の強制収容所を批判したため、共産主義者たちはカミュを敵とみなして、以降ことあるごとに攻撃するようになった。またこのとき、カミュが述べたことば、「私は自由をマルクスのなかで学んだのではない。それはほんとうだ。私は自由を貧困のなかで学んだのである」は、その後しばしば引用されることになる。『ペスト』においても、カミュは、医師リューに、自分は「貧困」から生き方を学んだのだと言わせている。

『コンバ』を退く

『コンバ』という脚光を浴びる場所で活躍したカミュを陰で支えたのはパスカル・ピアであったが、ピアは次第にドゴール派に接近し、心情的に社会主義者であるカミュとのあいだに距離が生まれた。一九四七年の初めには二人の友情に亀裂が生じ始め、同時に新聞の売り上げも落ちた。三月末、ピアは『コンバ』から手を引くことを宣言したが、その折にもカミュとのあいだにおそらくは誤解に基づく軋轢が生じた。

カミュもまた、一九四七年六月を最後に『コンバ』を退いた。それは『ペスト』刊行の月でもあった。彼は、レジスタンスの記憶がドゴール派や共産主義者によって自己正当化のために取り込まれるのとは距離を置いて、この寓意小説のなかでレジスタンスの活動を「保健隊」として描くことを試みた。

『コンバ』にかかわっていた期間、カミュは毎日数時間を編集のために費やした。サッカーや演劇など、仲間との活動を好んだ彼にとって、新聞を作る仕事もまた共同作業の歓びをもたらすものだった（図6）。一九五九年、テレビ番組で、彼は当時を振り返って「論説を書くよりも、印刷所の組版の仕事のほうが好きだった」と語った。彼は仲間の仕事を手伝い、助言を与え、苦労をともにした。カミュの死後、六二年、無名の校正係や植字工たちは、『印刷業の友人たちからアルベール・カミュへ』と題した小さな思い出の本を作って彼に捧げている。

図6　『コンバ』編集部，中央がカミュ

戦後パリでの華々しい活動の時期には、私生活の変化もあった。一九四四年六月、カミュはパリ七区ヴァノ通りの小さなアパルトマンへ転居したが、パリ解放直後の一〇月、そこへフランシーヌがアルジェリアからやってきて、二人は二年ぶりに再会した。『誤解』上演時に燃え上がったカミュとマリア・カザレスの恋はひとまず沈静化し、彼は家庭生活に専念する。翌四五年九月五日には、双子のカトリーヌとジャンが生まれた。四六年になると、

一二月にカミュ一家は、パリ六区にあるセギエ通りのアパルトマンに転居する。この特異な形をした建物は、のちに『追放と王国』(一九五七年)に収められた「ヨナ」のアパルトマンのモデルとなった。

2 『ペスト』——長い労苦の果ての成功作

長い懐胎期間

カミュは早くから小説『ペスト』の構想を立てており、『手帖』に最初のプランがあらわれるのは、オラン滞在中の一九四一年四月である。ル・パヌリエに住み始めた四二年九月から、第一稿の執筆に取りかかった。この時期『手帖』には、刊行されたばかりの『異邦人』と構想中の『ペスト』を比較する考察が散見される。「『異邦人』は不条理に直面した人間のありのままの状態を描いている。『ペスト』は同じ不条理に直面する複数の人間の見解に見られる根本的な等価性を描くことになる」。大戦下にあって、カミュは孤独な不条理から一歩を踏み出す方途を探していた。同年一二月二六日、パスカル・ピアに宛てた手紙で、彼は「『ペスト』の最初の下書きが完成しました。かなりひどいものです」と書いた。

カミュは『ペスト』第二稿に取りかかるが、この時期、つらい別離が彼を襲う。前述のように、一九四二年一一月、オランに戻った妻フランシーヌと連絡が途絶えてしまう。『手帖』には次の断章が見られる。「この時期の特徴をもっともよく示しているように思われるもの、それは別離（原文強調）である。だれもが、世界の他の場所から、自分の愛する者たちから、自分たちの習慣から切り離されたのだ」。『ペスト』第二稿には別離の主題があらわれ、カミュは、パリに残した妻との連絡を絶たれたランベールに自分の経験を反映させた。

一九四三年一一月、ル・パヌリエからパリに移り住んだあとは、ガリマール社の仕事や『コンバ』編集長としての仕事に忙殺されて、小説執筆ははかどらなかった。カミュはかつてないほど多くの文献を渉猟し、資料調査に時間と労力を費やした。四六年八月ようやく『ペスト』が完成し、翌四七年六月に刊行されると、批評家賞を受賞してベストセラーとなり、二か月で一〇万部が売れ、カミュに経済的ゆとりをもたらした。彼は、友人の作家ルイ・ギユーに「この本の成功には当惑している。〔……〕それに欠点は自分がよくわかっている」と書いた。しかし、作者の気持ちとは別に、この小説はその後も『異邦人』に次いで世界中で読まれ続けている。

保健隊の活動

『ペスト』は、まずは別離と追放の物語である。疫病に襲われたオランの町で、市門が閉鎖され、外部との往来が禁止される。市民たちは外界と遮断され、愛する者たちと離れて生きることを強いられる。外からやってきた者たちも町に閉じ込められ、「同じ袋のネズミ」となる。これは災禍に直面した集団の受苦の物語であるが、そのなかで医師リユーを中心としたペストと闘う男たちの活動が描かれる。

疫病との闘いにおける重要な転換点は、タルーによる保健隊の結成である。外部からやってきて足止めを食らった彼は、ペストが町に滞在するすべての人間にとって共通の問題であると理解し、ボランティアによる保健隊の結成に尽力する。人びとの意識に変化が生じて、彼らは次々と保健隊に参加し献身的に働き始める。とくに大きな変化を示すのは、新聞記者ランベールであり、パリに残した妻のもとへ戻るため脱出の試みを繰り返すが、次第に命をかけて闘う男たちに共感と友情を抱くようになり、ついには町にとどまる決意をする。『結婚』において、若きカミュは「幸福であることは恥ずべきことではない」と宣言したが、ランベールはそれを修正して、連帯のモラルを提示する。「自分ひとりだけ幸福になるのは、恥ずかしいことかもしれないんです」。

この保健隊はレジスタンスを想起させる。カミュ自身はレジスタンスについて語るときには、つねに慎重で控えめな態度を守った。『ペスト』という物語を語る話者がだれなのかは小説の最後まで明かされないが、その話者も保健隊の意図と勇気のあまりにも雄弁な礼讃者となることを警戒し、節度ある証言者の立場をつらぬく。話者は、不器用で実直な市役所職員のグランこそが、「保健隊の原動力となっていたあの平静な美徳の、事実上の代表者」であったとみなすのである。

そして、市役所職員としての本務、保健隊の仕事の他に、グランがひそかに夜の時間を小説執筆に充てていることが明らかになる。実際には出だしの文章を際限なく書き直し続けているだけであり、彼の小説は完成することはないだろう。しかし、そのたゆみない精勤は、ペストとの闘いを持ちこたえるためのひとつのあるべき態度として、象徴的価値をもつといえる。『シーシュポスの神話』の最後では、岩を繰り返し押し上げるシーシュポスが不条理の英雄として示されたが、『ペスト』において、カミュは、反復行為に明け暮れるグランを英雄らしからぬ英雄として提示するのである。

「身体を救う」

西洋において疫病の物語は繰り返し描かれてきたが、多くの場合、病の蔓延は人間の不徳に対する神の怒りのあらわれであると受け止められてきた。『ペスト』においてこの伝統的な解釈は、パヌルー神父の説教によって示される。大聖堂に詰めかけた大勢の信者を前に、神父は雄弁な修辞を駆使して、人間を襲う災禍は神による懲罰でありまた悔悛への道であると述べる。

他方で、神を信じない医師リユーはこう主張する。「この世の秩序が死の原理によって支配されている以上、神にとっては、人間が自分を信じてくれないほうがいいのかもしれない、神が沈黙している空を見上げずに、全力で死と闘ってくれたほうが」。若い時代にニーチェの影響下から出発したカミュの世界においては、神はつねに沈黙している。リユーは、「ペストと闘う唯一の方法、それは誠実さ」であり、重要なのは医師として「自分の職務をよく果たすことだ」と明言する。

ペストに罹患した少年に新たな血清を試みる場面は、この小説の主要登場人物が一堂に会する唯一の時である。彼らは固唾を呑んで、少年の病魔との残酷な闘いを見守る。少年が息絶えたあと、罪のない子どもの死について、「理解できないことを愛さねばならない」と言うパヌルー神父に対して、リユーは、「子どもたちが拷問にあうようなこの世界を愛することは、死ぬまで拒む」と断言する。パヌルーは魂の救済に専念するが、医師リユーにとってはそれが問題なのではない。「私に関心があるのは人間の健康、まず健康なのです」と、彼は自分の立場を鮮明にする。「犠牲者も否、死刑執行人も否」において示された「少なくとも身体を救う」という願いは、リユーのものでもある。

殺人と潔白

『ドイツ人の友への手紙』において、カミュはナチスと戦うフランス人たちの潔白を主張した。『ペスト』では、疫病が去ったあとの市民の姿に、パリ解放時のフランス人の連帯と、彼らの潔白が暗示される。歓喜に沸くオラン市民を見て、話者はこう述べる。「人間たちはいつも変わらない。しかし、それが彼らの力であり潔白なのであり、そしてここにおいてこそ、あらゆる苦しみを越えて、リユーは彼らと一体であると感じた」。リユーもまた、みずからの潔白を確信している。

しかし、『ペスト』においては、人間たちの潔白が全面的に肯定されるわけではない。「犠牲者も否、死刑執行人も否」を発表し、犠牲者であることも、死刑執行人になることも拒否すると宣言したのと同じころ、カミュは、『ペスト』の草稿にタルーの告白を書き入れた。タルーは、リユーにこう言う。「若いころ、ぼくは自分が潔白だという考えを抱いて生きていた。つまりなんの考えももっていなかったということだ」。ところがタルーは、少年時代のある日、自分が検事の、すなわち死刑を宣告する人間の息子である事実を知り、そこからひたすら逃亡を図ることになる。彼は自分の生きている社会が死刑制度の上に成り立っていることを認め、これと闘うことによって殺人の問題と決着をつけようとするのだ。

こうして政治活動に身を投じたタルーだが、しかし結局は、その試みが空しいものであったと悟る日がくる。「たとえ間接的であれ、善意によるものであれ、今度は自分が殺人者となったことが死ぬほど恥ずかしかった」。タルーによれば、ペストと闘う者は同時にペスト菌をまき散らすペスト患者でもある。「各人が自分のなかにペストを抱えている。なぜなら、だれも、そうだこの世界ではだれも、ペストを免れえないからだ」。タルーはペストの意味を広げ、彼の個人的体験から普遍的な真理を引き出す。ペストは単に外部にある悪ではなく、すべての人間の内部にもある。ペスト患者とは単に疫病の犠牲者ではなく、他人に感染させる死刑執行人でもある。彼の長い告白の結論は次のものである。

ただぼくは、この地上には災禍をもたらす者と犠牲になる者がいて、できる限り災禍の側につくことを拒否しなければならないとだけ言うのだ。〔……〕ただそう言いながら、もしぼく自身が災禍になることがあっても、少なくともそれに同意はしない。ぼくは潔白な殺人者になろうと試みるんだ。

「犠牲者も否、死刑執行人も否」の「死刑執行人」が、タルーの告白においては「災禍をもたらす者」に置き換えられている。彼は両者に対して「否」と言うだけでなく、みずからの意に反して災禍になってしまう恐れがあることを自覚している。ただ、その場合でも、同意を拒否して、潔白な殺人者であろうとするのだ。メルソーやムルソーは無自覚的に潔白な殺人者であったが、タルーはみずからの意志によって、潔白をかろうじて保持しようと望むのである。

母と息子の愛

一九四六年の『手帖』に、カミュは「ペスト、それは女性たちがいなくて息苦しい世界だ」と書いた。『ペスト』は、女性が登場せず、男たちだけの活躍が語られる物語であるが、そこに彼らの闘いを静かに見守る母だけは描かれている。大量の死をもたらす惨事のなかで、「母と息子」の主題は、ある種の静謐をたたえてあらわれる。ペストに罹患したタルーは、リユーの家に滞在して治療を受けることになり、医師と同居する母を間近に見ることになる。彼は自分が書く手帖のなかで彼女の慎ましさを力説し、「かんたんなことばですべてを表現する彼女の話し方」を讃える。ことばを探し続けるグランとは反対に、彼女はことばを統御するすべを心得ている。さらに、タルーは手帖にこうも記す。「それほどの沈黙と陰に埋もれているにもかかわらず、彼女はどんな光でも、たとえペストの光であっても、それに対抗できる」。そして、タルーは「ぼくの母もこんなふうだった」と書く。八年前に母が亡くなったとき、それは普段の「控えめな態度をいつもより少し多めにしたのだ、ぼくが振り返ると、母はもうそこにいなかった」。

ペストに斃(たお)れたタルーを看取ったあと、リユーと母は、二人の穏やかな愛を確認する。「いまこのとき、母がなにを考えているのかを、そして自分を愛してくれていることを彼は知っていた」。そして、「母と彼とはいつまでも沈黙のなかで愛し合うだろう」。ここでも母と息子は、おたがいに愛のことばを表明しあうわけではない。とはいえ、『裏と表』においては不確かなものであった母と息子の愛は、『異邦人』や『誤解』の悲劇を経たあと、『ペスト』に至って、沈黙のなかで永続する不動で確固としたものになる。

話者リユー

『ペスト』では、オラン市民全員の集団の物語と、医師リユーを中心とする固有名をもつ保健隊の人びと個々の物語が交互に配置されている。最後に話者は、自分がリユー自身であることを明らかにするが、それまでは三人称を装って医師の活動を語り、彼を取り巻く人びと、そしてオラン市民を観察し、彼らの苦闘を報告する。

草稿段階においては、タルーの手帖、リユーのメモ、ステファンの日記、話者のコメントが並列されており、カミュは多様な視点による構成を考えていた。最終的には、リユーが話者となって彼のメモは消え、ステファンはその日記とともに舞台から退場する。タルーの手帖だけが残され、他のすべては話者の語りに収斂され、視点が統一される。

しかし、草稿においてカミュが意図した多声性は、伝聞の形で保持された。ペストと闘ったオラン市民、とくに保健隊に参加した主要な人物たちは、リユーと交際し、彼を相談相手にし、打ち明け話をする。こうしてさまざまな情報が医師リユーの耳へと集められる。「ペストの全期間にわたって、彼はその職務上、大部分の市民と面談し、彼らの感情を汲み取ることができた」。このようなすぐれた聞き手であったからこそ、リユーは話者として、オラン市民全員のために証言することが可能となった。「災禍のさなかにあって人が学び知ること、すなわち人間のなかには、軽蔑すべきものより讃嘆すべきもののほうが多くあるということ、それだけを言うため」に彼は語る。集団的受苦の時代には、証言による集団的救済こそが必要なのだ。

ペストは町から去ったが、災禍との闘いは終焉したわけではない。「ペスト菌はけっして死ぬことも消滅することもない」のだから、「おそらくはいつか、人間に不幸と教訓をもたらそうと、ペストがふたたびそのネズミどもを呼びさまして、死なせるためにどこかの幸福な都市に送り込む日が来るだろう」。カミュの多くの作品と同じく、ここでも「幸福」への言及によって終わるが、その幸福はつねに脅かされているのである。

災禍の物語

『ペスト』の意味はまず歴史的次元にある。事件は一九四〇年代に位置づけられており、ペストに襲われたオランはドイツ占領下の町を想起させる。だがカミュは、ナチスを疫病に置き換えて、いっそう広い意味での災禍を描こうとした。春にあらわれ冬になると姿を消すペストは、季節のリズムに一体化して、自然の力の一部であるかのようである。小説のなかでは、疫病の発生に関する十分な説明はなされていない。どこからペスト菌がこの町に侵入したのかはわからないまま、超自然的な源から由来したかのように描かれる。

一九四二年末、『ペスト』第二稿に取りかかろうとする時期に、カミュは『手帖』に次のように書いた。「ペストという寓意を用いて表現しようとぼくが望むのは、われわれすべてが苦しんだ抑圧と、われわれが体験した威嚇と追放の雰囲気である。同時にまた、ぼくはこの解釈を一般的な存在の概念にまで拡大したいのだ」。戦争体験から出発しながらも、カミュはそれをさらに一般的な領域へと広げることを考えていた。四八年、彼はある夫人に宛てた手紙で、「『ペスト』は三つの読み方ができます」と書いた。ひとつは「疫病の物語」、二つ目は「ナチスの占領の象徴(さらにはあらゆる全体主義体制の予兆)」、最後は「悪という形而上学的問題の具体的例証」であり、彼は「メルヴィルが『白鯨』で試みたもの」を想定していた。

カミュがナチスドイツをペスト菌に置き換え、レジスタンスの体験を感染症との闘いの寓話として描いたことについては、歴史から目をそらすものだとの批判もあった。とりわけ出版の八年後、一九五五年、批評家で思想家のロラン・バルト(一九一五―一九八〇)は、カミュが打ち立てているのは反歴史的なモラルや孤独の政治学であると指摘した。これに対してカミュは、『ペスト』は「ナチズムに対するヨーロッパの抵抗の闘いを明白な内容としている」のであり、そこには歴史的意味があると反論し、さらに、自分はこの小説が「いくつもの射程において読まれることを望んだのだ」とも述べている。『ペスト』の今日的意義は、現実の体験に基づいて書かれた作品が、歴史的地平を越えていることにあるだろう。それゆえにこそ、この小説は、人類が災禍に襲われるたびに読み返されてきたのだ。

3　反抗と正義の戯曲

『戒厳令』公演の失敗

一九四八年、カミュは、パリで開催された国際作家会議において、「不幸なのは、われわれが全体主義的イデオロギーの時代に生きていること」だと発言した。ナチズムが敗北したにもかかわらず、全体主義的イデオロギーは時代のなかに根を下ろしたままである。『ペスト』のリユーが予見したように、悪の象徴たるペストは、いつまでも生き残り、この疫病は、今度は擬人化され、全体主義的支配を特徴づける一種の制服を身にまとって『戒厳令』の舞台に登場する。

一九三三年、詩人・劇作家のアントナン・アルトー（一八九六―一九四八）は「演劇とペスト」と題する講演をおこない、「演劇もペストもひとつの危機であり、死と治癒によって解決される」のであり、エネルギーを高揚させ浄化することで「恩恵をもたらすものである」と述べた。この考え方に共感した演出家のジャン＝ルイ・バロー（一九一〇—一九九四）は、四一年から、ペストを主題とした芝居の上演を企画した。彼は、カミュが同じ主題で小説を準備していることを知り、台本執筆を依頼することになる。『アストゥリアスの反抗』以来、さまざまな要素を統合した「全体演劇」を試みる機会を待っていたカミュは、バローと協力して、新たなタイプの演劇創造に挑んだ。

一九四八年一〇月二七日、共同作業の成果は、『戒厳令』という表題で、独白、対話、無言劇、コーラスなど多彩な様式を混合させた、プロローグと三部からなるスペクタクルとして、パリのマリニー劇場で初演された。ジャン＝ルイ・バローが演出し、彼は豪華な顔ぶれの出演者とスタッフを集めた。ピエール・ベルタン、マドレーヌ・ルノー、マリア・カザレス、ピエール・ブラッスールなどが演じ、音楽は「フランス六人組」のひとりであるアルチュール・オネゲル、美術は画家のバルテュスが担当した。ただ、バローにとってペストは再生をもたらす災禍であり、救済へと至る現象であったのに対して、『ペスト』の著者であるカミュは、ペストを悪の象徴以外のものとして構想することができなかった。観客はとまどい、上演は二三回で打ち切られ、カミュはジャン・グルニエ宛ての手紙に「失敗です」と書いた。

全体主義的殺人者

全体主義国家批判のこの演劇の舞台として、カミュはスペインのカディスを選んだ。当時のフランコ政権を標的にしていることが明らかだが、彼は、災禍のように世界中でかつて猛威をふるい、あるいは今もふるい続けている全体主義を、右翼だけでなく左翼の全体主義も含めて批判しようとしたのだと説明した。

『カリギュラ』の暴虐な独裁者は「おれがペストに代わるのだ」と言ったが、『戒厳令』ではひとりの男が登場し、総督に向かって統治権を譲るように迫り、「私はペストだ」と名乗る。この「論理の快楽のために殺す」殺人者は、カディスの住民に向かって、大仰な演説をおこなう。「今日以後、諸君は秩序正しく死ぬことを学ぶのだ」。とはいえ、その秩序はペストによって恣意的に定められたものであるからには、カリギュラの気まぐれな殺人と大差はない。ただ、ローマの暴君がみずからの狂気と罪を意識していたのに対して、ペストの場合は、自分に正義と秩序があると信じている。

独裁者ペストの支配は、殺人によって脅し、沈黙を命ずることである。住民どうしの意思の伝達と連帯を可能にする会話は、専制支配にとっては最大の障害となる。さらに、彼は沈黙を課すだけでなく、市民には理解しがたい曖昧な表現を用い、空疎な政治的スローガンを繰り返し投げつける。またペストの女秘書が発する命令は、官僚文書の誇張した模倣であり、意味不明の文章で書かれている。複雑で晦渋な言語の混乱に追いやられた市民は、不幸のなかに陥る。『ペスト』のタルーが言ったように、「人間の不幸のすべては彼らが明瞭なことばを用いないことから来ている」。舞台上で発せられる言語を意図的に混乱させて、カミュはそうした伝達の不全を表そうとした。

愛のドラマ

一九四八年刊行時の「緒言」において、カミュは「『戒厳令』はいかなる意味においても、『ペスト』の翻案ではない」と語った。とはいえ、物語の展開、登場人物の類型など、似ている点があるのは明らかである。

ただ、『ペスト』との大きな違いは、反抗だけでなく、愛の主題があらわれていることである。カミュは一時期、この戯曲に『生きることへの愛』という表題を与えることを考えた。また、ジャン・グルニエ宛ての手紙には、「ある面ではこれは(ことばの広い意味において)愛の戯曲なのです」と書いている。詳細は後述するが、『手帖』によると、この時期、不条理、反抗に続く第三系列の主題として、カミュが「愛」を考えていたことがわかる。
「ペスト」という独裁者と「女秘書」という役職名だけをもつ支配者たちに対して、固有名をもつ恋人たち、ディエゴとヴィクトリアが個人と愛の名において反抗する。第一部では、ディエゴはペストに罹患しており、その意味で他者を死への道連れにする存在だ。しかし、第二部の終わりで自分の恐怖を克服した彼は、ペスト患者である印をはぎ取り、「われわれは潔白だ！」と叫ぶ。反抗によって目覚めたあと、ディエゴは、さらにその先へ、愛の方向へと進む人物として描かれ、恋人と町を救うために、自分の命を投げ出すことを宣言する。

他方でヴィクトリアは、ディエゴ以上に力強く愛の権利を主張する。「彼らは愛が不可能になるようにすべてをしつらえた。でも、私のほうが強いわ。〔……〕私は揺るがない。私の愛しか知らない」。ペストはカディスの住民を恐怖によって支配しようとする。だが、それも愛を封じ込めることはできない。先に恐怖を克服するのは愛に生きるヴィクトリアである。

舞台でこのヴィクトリアを演じたのは、マリア・カザレスである。一九四四年、『誤解』初演終了後にフランシーヌがパリにやってくると、カミュは妻との生活を優先してカザレスと別れた。ところが『戒厳令』上演に先立って、四八年六月初めに彼はパリの路上でカザレスと再会し、彼女の出演が決まる。二人の恋はふたたび燃え上がり、このあとは深い関係が続くことになった。

「希望叢書」——ヴェイユとシャール

ガリマール社から依頼を受けたカミュは、一九四六年から新しい叢書を編集することになり、時代のニヒリズムに抗するため「希望(espoir)叢書」と名づけた。五〇年代に入るとペースは次第に落ちたが、全部で三〇点近くが刊行された。複数の著作を出したのは、思想家のシモーヌ・ヴェイユ(一九〇九—一九四三)と、詩人のルネ・シャール(一九〇七—一九八八、図7)である。

図7　カミュとルネ・シャール(左)

一九四八年にヴェイユの『根をもつこと』を読んだカミュは、これを「戦後にあらわれたもっとも重要な著作のひとつ」とみなし、四九年に出版した。その後も彼は、ヴェイユの遺族との版権の交渉に駆けまわって、『超自然的認識』(一九五〇年)や『ギリシャの泉』(一九五三年)など、彼女の主要作をこの叢書から刊行することになる。全体主義に対する批判など、カミュと共通点のあるヴェイユは、大戦中に若くしてロンドンで亡くなった。カミュは彼女に一度も会うことはなかったが、そのことをたえず残念に思った。

他方で、六歳年長であるシャールとの友情は一九四六年に始まり、カミュは「希望叢書」から詩人の『イプノスの綴り』を出版し、四八年にはラジオ放送の講演でその作品を紹介した。歴史哲学に反対し、ニーチェと前ソクラテス派の哲学を支持する二人は、四九年には雑誌『エンペドクレス』を発行するが、これは一一号が刊行されただけの短命に終わった。二人はパリおよびシャールの故郷である南仏リル＝シュル＝ラ＝ソルグの近郊で親交を続け、手紙のやり取りはカミュの死の時まで続き、この友情は作家にとって苦難の時代の支えとなった。

二度のアメリカ旅行

第二次大戦後、カミュは北および南アメリカへ講演旅行に出かける。いずれも、フランスの知識人としての旅行であり、過密な講演プログラムが組まれた。初めは、戦後フランスの作家としてカミュの名前がようやく大西洋の向こう側にも届き始めた一九四六年三月一〇日から六月二四日までの三か月、アメリカおよびカナダへの旅だった。ただ健康状態は悪く、時どき発熱に襲われた。ル・アーブルから貨物船に乗ってニューヨークに着き、コロンビア大学をはじめとして、各地で「人間の危機」と題した講演をおこなった。カミュにはガリマール社から託された任務もあった。アントワーヌ・ド・サン＝テグジュペリ（一九〇〇―一九四四）はすべての作品をガリマール社から出版するという契約を戦前に結んでいたが、四〇年末アメリカへ亡命したあと、現地の出版社から『星の王子さま』などを出したため、ガリマール社とのあいだに訴訟が生じていた。この問題の解決にカミュは立ち会ったのである。

二度目のアメリカ旅行は、『ペスト』の出版および『戒厳令』上演後の一九四九年であり、海外におけるカミュの知名度は前回よりも高まっていた。六月三〇日、今度はマルセイユから乗船し、ブラジル、ウルグアイ、アルゼンチン、チリへ旅行して、八月三一日、リオ・デ・ジャネイロから飛行機でパリに戻った。この間、七月二六日、リオ・デ・ジャネイロで『カリギュラ』の部分的な上演に立ち会った。未舗装の道路を走り、たえず遅れる飛行機の旅は彼を疲れさせた。抑鬱状態になったかと思われるほど不調で、「まさに気分的に破綻状態」と感じて、自殺の思いにとりつかれた。熱があり、インフルエンザに苦しみ、アスピリンとアルコールだけで持ちこたえた。フランスに戻ると、医者は結核が進行していると告げて休養を勧め、カミュはル・パヌリエで三週間ほど過ごした。

『正義の人びと』

『シーシュポスの神話』は、「真に重大な哲学的問題はひとつしかない。それは自殺である」と始まる。一九四六年、カミュは『手帖』に、「真に重大なただひとつのモラルの問題、それは殺人である」と書くが、この主題はやがて『反抗的人間』へと引き継がれる。そして、自殺と殺人、二つの問題が『正義の人びと』において緊密に結びついている。

一九四九年一二月一五日、南米旅行の疲労がまだ残っていたが、カミュはエベルト劇場で『正義の人びと』の初演に立ち会った。ポール・ウトリが演出し、マリア・カザレス、セルジュ・レッジアーニ、ミシェル・ブーケらが出演した。翌五〇年二月一三日、カミュはジャン・グルニエに「マリア・カザレスがすばらしい」と書き、芝居は「中くらいの成功です」と付け加えた。

戯曲は、一九〇五年のロシア第一次革命のさなか、セルゲイ大公暗殺を実行したロシアのテロリストたちを扱っている。ボリス・サヴィンコフの『テロリストの回想』を素材に、カミュは一九四八年『ラ・ターブル・ロンド』誌に「心優しき殺人者たち」を発表した。これは加筆されて三年後に『反抗的人間』の一章を構成するものとなるが、その前に、同じ主題で彼は戯曲『正義の人びと』を舞台にかけた。一九〇五年のロシアに、自分の時代について語るのに等価の倫理を見出したのである。冷戦のさなかに、政治とモラル、正義と自由、目的と手段の問題に、抒情性と古典性を兼ね備えた演劇による答えを提示することが彼の狙いであった。「心優しき殺人者たち」ではテロの状況が忠実に再現されているが、『正義の人びと』では、いくつかのロシアを想起させる特徴を消し、歴史的モデルに自分自身の体験の記憶を注ぎ込んで、時代を超えた普遍性をもたせようとした。

多様な様式を取り入れて総合演劇を目指した『戒厳令』が失敗に終わったあと、『正義の人びと』では、カミュは『誤解』のような古典劇の様式に戻り、舞台として極度に切り詰められた隠れ家の枠組みを作った。外界から切り離された登場人物たちは、つねに閉所空間にいる。大公暗殺とカリャーエフの処刑という二つの事件は、古典劇の規範に従って、舞台の外で起こる。こうした過去の美学的手法を用いて、彼はテロリズムというきわめて今日的な主題に挑んだのだ。

殺人と正義

『ドイツ人の友への手紙』において、カミュは「私たちフランス人」の「清らかな手」を信じることができた。しかし、対独協力者の粛清の問題を経て、彼は潔白への疑念を抱くようになる。『ペスト』のタルーは自分が人を殺める「ペスト患者」であると自覚し、「潔白な殺人者」たらんとしていた。『戒厳令』のディエゴは自分の武器は「潔白」であると叫んだが、カミュ自身はその先を見据えていた。殺人と潔白の主題は、『正義の人びと』のなかで、さらに深く追究されることになる。

セルゲイ大公殺害の任務を引き受けたカリャーエフは、同志のドーラに向かって自分の信念を語る。「だれも二度と殺人を犯さない世界を建設するために、ぼくたちは殺すのだ。大地がついには潔白な人びとで満ちあふれるためにこそ、ぼくたちは犯罪者となることを受け入れるのだ」。本来は相反するものである殺人と潔白が、ここでは関係づけられる。ロシアの民衆の潔白を実現するためにこそ、テロリストたちはみずから殺人者であることを受け入れる。しかし、『戒厳令』のディエゴはすでに、独裁者ペストのやり方は殺人をなくすと称して殺人を犯すことだと批判していた。民衆の潔白のために殺人を犯すテロリスト自身は、果たして潔白なのだろうか。この困難な問題をめぐって戯曲は展開される。

潔白のためには殺人も必要であることを覚悟していたカリャーエフであるが、大公の馬車に子どもたちが同乗していることを知ったとき、爆弾を投げるのをためらう。ここから、カミュが創造した虚構の人物であるステパンと、カリャーエフの論戦が始まる。ステパンは、革命を実現するためにはどんな手段も許されるのであり、そこに「限界はない」と主張するが、それに対してカリャーエフはこう言う。「君のことばの裏には、やはり専制政治が顔をのぞかせている」。この「専制政治」は、『正義の人びと』執筆時の冷戦時代には左翼全体主義の巨大な国家の姿をとってあらわれていた。

ステパンも正義を主張するが、正義の上にさらに潔白を要求する点において、カリャーエフはステパンとは異なる。「人間は正義だけで生きているのではない」、人間に必要なのは「正義と潔白」だと彼は言う。自分の身の潔白を守るため、カリャーエフは大公の甥と姪の命を助ける。そしてテロの犠牲者から奪うことになる命に対して自分の命を代償として差し出すことを覚悟する。それは、殺人が引き起こすニヒリズムに陥らないためにカミュが提示することができた唯一の解決法なのである。

正義と愛

女性の活躍があまり見られないカミュの作品世界にあって、一九四四年の『誤解』以降の戯曲では愛の権利を主張するヒロインの姿が印象的である。『誤解』のマリアは、殺されてしまう夫ヤンを深く愛する若い妻であり、『戒厳令』のヴィクトリアは、ディエゴの情熱的な恋人であると同時に愛の自由を求めて立ち上がる反抗者でもあった。『正義の人びと』のドーラも同様に愛の権利を主張するが、彼女はロシアの圧政と闘う革命家であり、同志カリャーエフを愛しながらも、正義への愛を優先することを義務と考える。

第三幕において、カミュの戯曲のなかでもっとも悲痛な愛の場面が二人のテロリストのあいだで展開される。ドーラはカリャーエフに、鎖につながれた人民の悲惨を忘れて自分を愛してくれるか、とたずねる。すでに一九四五年、カミュは『手帖』に書いていた。「集団的情熱が個人的情熱に立ちまさっている。人間たちはもはや愛するすべを知らない」。カリャーエフは、正義の集団的情熱に身を捧げている。しかし、愛を求めるドーラは、絶望的にこう問いかける。

夏のこと、ヤネク、おぼえてて？　でも、だめね、あたしたちには永遠の冬なんだから。あたしたちは、この世界の人間じゃない、正義に生きてる人間なのよ。夏の暑さなんか、あたしたちには縁がないのよ。ああ！　憐れな正義の人びとだわ！

『結婚』で謳歌された夏は、この「永遠の冬」からはあまりにも遠い。ドーラにとっては、死こそが、カリャーエフとふたたび結ばれる唯一の避難所なのだ。幕切れ直前に、彼女の最後のせりふが痛切に響きわたる。「ヤネク！　寒い夜に、そして同じ絞首刑で！　これで何もかもずっと楽になるわ」。執筆の最終段階、印刷のときに、カミュは『ロミオとジュリエット』から借用したエピグラフを付した。「おお、愛よ！　おお、命よ！　いや命ではない、死のなかでの愛だ」。

この作品は正義についての思想劇であると同時に、カミュにとってはまれな愛のドラマでもある。そこには、劇作家の個人的体験の反映を見ることができるだろう。マリア・カザレスとの愛は一九四八年からふたたび激しく高まった。カザレスは、同年一〇月『戒厳令』のヴィクトリアのあと、翌四九年の『正義の人びと』ではドーラを演じた。女優と劇作家の不可能な情熱恋愛が、政治的イデオロギーの議論の背後に忍び込んで、この戯曲の方向を定めたのだ。困難な愛の叫びが、反抗的抒情性とともに高まり、作品のあちこちから聞こえてくる。この時期、カミュはカザレスに宛てた手紙で、「献辞欄は空白にするけれど、この本は君のものだ」と書いた。カザレスは、その後五〇年代に入ってからもカミュの翻案劇に協力した。彼女は、恋多きカミュを取り巻く女性たちのなかでも、もっとも華やかな存在であり、ひんぱんに取り交わされた二人の手紙は、二〇一七年、八六五通におよぶ浩瀚（こうかん）な往復書簡集として刊行された。

4　冷戦時代の論争

『反抗的人間』

一九四九年末に『正義の人びと』が上演されたあと、翌五〇年の一年間、カミュは結核の療養のため南仏グラースに近いカブリに滞在し、パリとのあいだを行き来することになる。カブリからマリア・カザレスに宛てた手紙では、「病気のため実にたくさんのことが妨げられる」と嘆いているが、それでもこの静かな村では『反抗的人間』の執筆に力を注いだ。五〇年末になると、彼はパリ六区のマダム通りにアパルトマンを購入するが、その後ここが定住地となったわけではなく、住居は諸所に移動した。

一九五〇年六月には、『アクチュエル、時評一九四四―一九四八』が刊行された。「序文」でカミュが書いたように、「四年間この国の政治状況に関わってきた作家の体験を総括した」ものである。「犠牲者も否、死刑執行人も否」をはじめとして、『コンバ』に発表された論説が大部分を占めるが、その他に各種の新聞・雑誌に発表されたインタビューなども一〇点ほどが収載された。

小説『ペスト』(一九四七年)、戯曲『戒厳令』(一九四八年)、『正義の人びと』(一九四九年)のあとを受けて、反抗の系列の掉尾を飾る評論『反抗的人間』は、一九四五年の「反抗に関する考察」以来数年にわたって準備され、五一年一〇月になって刊行された。『シーシュポスの神話』は第二次大戦のさなかに書かれたが、そこには同時代の諸事件の影響はほとんど見られなかった。『反抗的人間』は、大戦以降のカミュの思想的歩みの集大成であり、戦争に続く時代に生じた良心の混乱を反映している。原爆の恐怖、粛清裁判、冷戦、全体主義と強制収容所、植民地問題を通じて、カミュは反抗の観念の検討を続けたのである。

エピグラフとして掲げられたのは、ヘルダーリンの「エンペドクレスの死」からの引用である。その最後の句、「余は大地と死の絆で結びついた」は、『ドイツ人の友への手紙』の第四の手紙における宣言、「大地に忠誠であるために、私は反対に正義を選んだ」に通ずるものである。「序説」において、カミュは、『ペスト』のタルーのように、「今日、いっさいの行動は、直接か間接かを問わず、殺人につながっている」と書く。そして『シーシュポスの神話』でなされた「自殺と不条理」の考察を、「殺人と反抗」の考察へと続けることが『反抗的人間』の目的であると述べる。

第一部は「反抗に関する考察」の第一章をもとに展開され、反抗は個人を孤独から引き出し、すべての人間にとっての共通の価値を肯定するのだと述べるカミュは、ここではさらに、デカルトのコギトを敷衍して、「われ反抗す、ゆえにわれらあり」と結論するのである。

プロメテウス

カミュは自分の著作のなかにギリシャ神話のさまざまな人物を登場させたが、なかでもプロメテウスはその筆頭に挙げられる。一九三七年、彼は労働座の仲間たちとアイスキュロスの『縛られたプロメテウス』を上演し、早くからこの神話的英雄への関心を示していた。そして、第一期「不条理」の作品群の英雄であるシーシュポスのあと、第二期「反抗」ではプロメテウスが登場する。四六年に書かれ、のちにエッセイ集『夏』(一九五四年)に収載されることになる「地獄のプロメテウス」において、カミュは、「神々に対して立ち上がったこの反抗者は現代人にとってのモデルである」と述べる。「人間に対する静かな信頼」を持ち続けるプロメテウスは、「岩壁より硬く、禿鷹よりも忍耐強い」。

しかしその後、一九五一年に発表された『反抗的人間』では、第二部「形而上的反抗」以降において、カミュはアイスキュロスが描いた「最初の反抗者」であるプロメテウスが裏切られてきたと述べる。ここで彼は、一八世紀以降のサド、ロマン主義者、ドストエフスキー、ニーチェ、ロートレアモン、シュルレアリストたちを取り上げて、神を告発し、神と対等に語ろうとする反抗者たちの歴史をたどり、彼らが反抗の根源を忘れ、肯定と否定のあいだの緊張に疲れ果てて、すべてを否定するか肯定するに至るまでを詳述する。彼らは、絶対的否定を神聖化する場合も、絶対的肯定を叫ぶ場合も、過度に絶対を求める結果としてニヒリズムに陥るのだ。こうして神が死んだ結果、残るのは建設すべき歴史である。

第三部「歴史的反抗」では、形而上的反抗の論理的帰結として、神を拒否し歴史を選択する革命が検討される。サン＝ジュスト、ヘーゲル、バクーニン、マルクス、レーニンが論じられたあと、反抗者である「プロメテウスの驚くべき旅程が完了する」。だが彼はもはやプロメテウスではなく独裁者である。ひとつの同じ原則が、種々の形態の恐怖政治を支配している。テロリスト、ナチス、共産主義者のイデオロギーによって、殺人が正当化され、「われらあり」の統一は来るべき帝国の全体性のために犠牲にされるのである。

こうした反抗者のなかで、唯一カミュが肯定的評価を与えるのは、一九〇五年セルゲイ大公を暗殺したロシアのテロリストたちである。戯曲『正義の人びと』で賞揚された彼らは、『反抗的人間』の全五部を通じて繰り返し言及されるが、第三部には「心優しき殺人者たち」と題された一節がある。「カリャーエフとその仲間たちはニヒリズムに打ち勝ったのだ」と、カミュは書く。「しかし、この勝利は長くは続かないだろう」。革命のイデオロギーは、カリャーエフたちの反抗を窒息させて、抑圧を生み出すのだ。『反抗的人間』では、こうしてロシアの地に形成された全体主義国家が批判される。

反抗と芸術

全体の八割を占める第二部「形而上的反抗」(三割)と第三部「歴史的反抗」(五割)において、反抗がニヒリズムへと傾き殺人を容認するに至ることを明らかにしたあと、カミュは第四部「反抗と芸術」で、反抗を「歴史の外に置かれた純粋な姿」で、すなわち芸術的創造のなかで観察すると述べる。芸術もまた反抗の一形式であり、そこには肯定と否定、世界の美への同意と世界の不正と散逸への拒否が見られる。形而上的反抗や歴史的反抗と同様に、現代の芸術は全体性への誘惑を免れてはいない。もっぱら諸に重きを置くリアリズムと、否を選択する形式主義がそうであるが、カミュはそれらをともに否定する。全体性ではなく統一こそが求められねばならないと考える彼は、統一は同意と拒否が均衡を保つときにしか勝利を収めないと主張する。「芸術における統一は芸術家が現実に課す変形作用の究極において立ちあらわれる」のであり、「様式」こそが再創造された世界にその統一と限界を与える。

正午の思想

第五部は、「正午の思想」と題されている。この語はルネ・シャールとの友情にその起源をもち、一九四八年シャールを語るラジオ放送の原稿において初めて使われた。『反抗的人間』のなかでは、「正午の思想」は二回「太陽の思想」とも呼ばれている。正午とは太陽が天頂に停止して均衡と節度の象徴となるときである。「正午の思想」の神話的シンボルであるネメシスは、まず四七年『手帖』で言及された。そのあと、翌四八年に書かれ『夏』に収められる「ヘレネの追放」において、「過激を罰する」「節度の女神」として登場する。『反抗的人間』では、カミュは「反抗の現代的矛盾を考慮に入れようとする思索は、この女神に霊感を求めるべきだろう」と書く。カミュにとって親しいものであり、ギリシャ思想に忠実な地中海文化は、ドイツ・イデオロギーの歴史主義や歴史の絶対化と対立する。純粋に歴史的な思想は正午の思想によって釣り合いを保たれねばならない。

カミュは最終章を「ニヒリズムを超えて」と題した。ここにおいて、彼は「反抗」のさらに先へと視線を投じている。それは「愛」である。すでに『戒厳令』と『正義の人びと』において、彼は恋人たちの愛の場面を舞台に載せた。だが、『反抗的人間』では、さらに大きな広がりをもった愛が暗示されている。「そのとき反抗に奇妙な愛が必ずともなっていることがわかる」。虐げられた人びとに「ただちに愛の力を与え」るのは、反抗の寛大さである。反抗は生命の運動であり、その叫びは人間を立ち上がらせる。だからこそ「反抗は愛であり」、思想の正午に立ちあらわれる「光のなかの世界は、われわれの最初で、最後の愛なのである」。

サルトルとの論争

時代の病巣であるニヒリズムの根源を明らかにしようと試みるカミュは、歴史、文学、芸術、哲学の地平において、反抗がまとったあらゆる形姿をたどり、その逸脱と堕落の諸相を批判したが、結果的にヨーロッパ思想のすべての代表者たちを敵に回すようなかたちになり、さまざまな論争を余儀なくされることになった。本の刊行前に、カミュは『カイエ・デュ・シュッド』にロートレアモンに関する章をすでに発表していたが、これがシュルレアリストたちの反発を招き、早速アンドレ・ブルトン(一八九六―一九六六)の反論が『アール』にあらわれ、カミュは同誌で応戦した。

他方で、パリの左翼知識人たちは、かつての仲間であるカミュから放たれたこの書に激しく反発した。一九五二年五月、『レ・タン・モデルヌ』にサルトルが哲学者フランシス・ジャンソンに書かせた『反抗的人間』の書評が掲載された。論争は、カミュが、ジャンソンではなく『レ・タン・モデルヌ』編集長殿に、すなわちサルトル宛てに返事を書いたためにいっそう激化した。『レ・タン・モデルヌ』八月号には、カミュの反論に加えて、サルトルとジャンソンの論文が発表されて、サルトルとカミュは絶交することになる。サルトルの批判はカミュへの人格攻撃にまでおよぶようなきわめて激しいものであったが、そこにはサルトル側の理由もあったろう。五二年八月は、彼がソ連の政策を認め共産党に一段と接近した時期であった。彼が共産主義とのあいだに距離を置くようになるのは、五六年一一月、ブダペストでの反乱がソ連軍により鎮圧されて以降である。

カミュとサルトルの論争は、両者の「反抗か革命か」という立場の相違を際立たせた。強制収容所をも含めてソ連の全体主義体制を批判するカミュと、階級なき社会建設のためにソ連擁護の姿勢を崩さないサルトルとの対決は、一九八八年から一九九一年にかけてのソ連の崩壊によって歴史的な決着を見たということができる。だが、この論争により、歴史に対する認識の根本的な食い違いがあらためて明らかになった。サルトルは、カミュが神と人間との闘いのうちに価値をおいたからこそ、「あらゆる経験以前に歴史を拒絶した」と述べる。他方でカミュは、「私の本は歴史を否定しているのではなく、歴史を絶対とみなす態度を批判しているのだ」

と主張して、議論は平行線をたどった。

当時、左翼全体主義を批判した知識人には、他にもレーモン・アロン(一九〇五―一九八三)やハンナ・アーレント(一九〇六―一九七五)がいた。ただ、『反抗的人間』刊行の四年後一九五五年に『知識人の阿片』を公刊したアロンは保守派の哲学者で政治学者であったし、アーレントは合衆国にいて英語で書いていた。アーレントは『反抗的人間』の刊行と同じ五一年に『全体主義の起源』を発表したが、カミュはそれを読むことはなかった。他方、アーレントのほうでは、「『反抗的人間』を読みました。この本が大好きです」と個人的祝福の手紙をカミュに送った。イギリスでは、ジョージ・オーウェル(一九〇三―一九五〇)がソ連の体制を寓意的に批判する小説『動物農場』(一九四五年)と『一九八四年』(一九四九年)を発表していた。四六年、オーウェルとカミュはパリのカフェで会う約束をしていたが、当日になってカミュの体調が悪くなったためにこれは実現しなかった。共通点の多い二人であるが、ただ『反抗的人間』のなかで、カミュはオーウェルについてはまったく触れていない。

個人と集団の体験

『反抗的人間』は、一九五二年二月カミュがインタビュー「反抗についての対談」で語ったことばによると、彼がなしうる「唯一の告白」であった。同年五月『リベルテール』に発表された「反抗とロマン主義」でも彼はこう書いている。

もし『反抗的人間』が何びとかを裁いているとすれば、それは何よりもまず著者自身である。この書で論じた問題がただ単に修辞上のものではないと受け止めた人びとは、私がひとつの矛盾、何よりもまず私自身のものであった矛盾を分析したことを理解した。〔……〕私は哲学者ではない。だから体験したことしか語れない。私は、ニヒリズム、矛盾、暴力、破壊の眩暈を体験してきた。しかし同時に、私は創造の力と生きることの栄誉に敬意を払った。私はこの時代の連帯責任者であるから、時代を高所から裁く権利はまったくない。

同様のことを、カミュは「『反抗的人間』弁護」においても書いている。一九五二年一一月の日付があり、生前は未発表のまま残されたこのテクストは、『反抗的人間』についての最良の解説となっている。そこにおいて、カミュは、自分が体験した諸事件、とりわけ戦争の圧迫のもとでの、知的・精神的変遷を語る。レジスタンスから対独協力者の粛清の過程で、政治的殺人の問題を誠実かつ深刻に受け止め、また東西冷戦の時代を経て革命思想に幻滅したカミュの体験こそが『反抗的人間』執筆の出発点にあった。誤解を生みやすい二つの語である「節度」「限界」について、カミュは「対決」「対面」という語を用いることも可能であっただろうが、ギリシャ人が用いたこの古典的で正確な表現を好んだのだと述べる。「節度」は対立物の解消ではなく、矛盾を引き受け、そこにとどまろうとする断固とした決意に他ならない。

同時代批判の書である『反抗的人間』であるが、その結論部分では、カミュは革命的組合主義の成果を評価し、強調している。その後彼は、左翼の立場を守りつつ、次第に革命的組合主義者やアナーキストのグループに接近していった。アナーキストに関しては、一九四〇年代末にその新聞を支援したのを皮切りに、カミュはこのグループの出版物に寄稿し援助を続けた。その活動は国際的な広がりを見せ、五九年一二月二九日、死の六日前、滞在地ルールマランの消印がある最後のメッセージは、ブエノスアイレスのアナーキストの雑誌への寄稿文であった。

第 4 章

再生へ向けて

――「孤独と読むか，連帯と読むか」

ノーベル文学賞授賞式

1 失意の時代とアルジェリア戦争

太陽のエッセイ集『夏』

『反抗的人間』の引き起こした論争に疲れたカミュは、一九五二年九月、『手帖』にこう書いた。「パリはジャングルだ。みすぼらしい野獣どもが棲んでいる」。年末には、アルジェリア南部を旅行し、気分転換を図った。翌五三年からは翻案劇の活動に取り組みはじめ、秋になると『最初の人間』の下書きを開始した。

一九五三年一〇月には、『アクチュエルⅡ、時評一九四八―一九五三』が刊行された。『アクチュエル、時評一九四四―一九四八』は『コンバ』の論説が大半を占めており、戦後の高揚と混乱を反映していたが、『アクチュエルⅡ』は、冷戦時代を反映する本になった。カミュの語調も変わり、扱う主題も「モラル」から「反抗」へと移った。また、『反抗的人間』に対してなされた批判へのカミュの回答および反論は、「反抗に関する手紙」としてここに収載された。

こうした時期に、カミュはみずからの源泉である陽光に再生の力を汲もうとして、『夏』という表題のもとに三〇年代末から断続的に書かれた短いエッセイをまとめて、一九五四年二月に出版した。カミュの手になると思われる「書評依頼状」によると、「これらは太陽的と呼びうるようなテーマを取り上げて」おり、「それは『結婚』のテーマでもあった」。とはいえ、『結婚』において美と無垢に密接に結びついていた太陽は、『夏』ではもはや無償では与えられず、勝ち取るべきものとなっている。

「ミノタウロス」「アーモンドの木」

『夏』の八本のエッセイは、年代順に配列されている。冒頭の「ミノタウロスあるいはオランの休息」は一九三九年、第二次大戦が始まったばかりのころに書かれ、四六年月刊誌『ラルシュ』に発表されたあと、『夏』に収められた。同書でもっとも長いこのエッセイでは、『ペスト』の舞台ともなったオランを語って、カミュは石への偏愛をあちこちで表明している。オランは「石の平和」を見出すことでのできる町であり、「オランに来たことがない人は、石とは何かがわからない」。ここでは「小石が王様」であり、「石は、それを使う人間たちより永く存在する」。六つの断章のうち最後のものは「アリアドネの石」と題されている。カミュはオランをラビュリントス(迷宮)にたとえ、アリアドネの糸を「石」に変えて、同時期に書かれた「ジェミラの風」や『幸福な死』などに見られた石化の夢想を展開するのだ。砂漠の石の軍隊に包囲された石の町オランでは、住民は「あれらの石と同化したいという誘惑」にかられ、カミュ自身もその誘惑に同意しようと呼びかける。

続く「アーモンドの木」は、ヨーロッパが引き裂かれた一九四〇年の初頭にアルジェで書かれ、翌四一年『ラ・チュニジ・フランセーズ』に発表された。この戦争の年の冬にあって、カミュは、アルジェの谷に咲く、「白さと樹液の力によって潮風に抵抗し」「世界の冬のなかで果実を準備する」アーモンドの木々にならって、不屈の希望を語るのである。

「ヘレネの追放」「謎」

三番目からあとのエッセイは、戦後の一九四六年以降に執筆された。三番目は前述の「地獄のプロメテウス」、そして四番目は、四七年に書かれ、アルジェリアの三つの都市、アルジェ、オラン、コンスタンティーヌを、観光案内のスタイルで皮肉とユーモアを交えて紹介する「過去のない町のための小案内」である。アルジェリアではすでに四五年にセティフの反乱が起こっているが、ここでは植民地の状況は、「アラブ人の若者」「アラブの音楽」「アラブ人墓地」

などが、わずかに素描されるだけである。

一九四八年『レ・カイエ・デュ・シュッド』に発表された五番目の「ヘレネの追放」において、カミュはふたたびギリシャ神話に言及し、美（ヘレネ）を追放したヨーロッパは、歴史を神の玉座に据えたと批判する。『反抗的人間』の最後の第五部で展開される「正午の思想」のキーワードがここにちりばめられている。ギリシャ思想はつねに「限界」を尊重したが、ヨーロッパは「全体」の征服を目指し、「過激」へと突進した。こうした限界を超える者を罰するのは、カミュが「節度の女神」と考える「ネメシス」である。このエッセイの最後でカミュは、ヘレネの美をこそ取り戻さねばならないと言う。「おお、正午の思想よ、トロイア戦争は戦場から遠く離れたところで戦われるのだ！」。

六番目の「謎」は、一九五〇年、療養先である南フランスのカブリ滞在中に執筆された。前年南米旅行から帰国したあと結核が再発したカミュは、この地で激しく陽光を求めて、自分の記憶にある地中海の光を振り返る。彼にとって「不条理は出発点にすぎず」、彼は「ニヒリズムを克服する理由を探し求めた」にすぎない。不条理の作家というレッテルに対する苛立ちが行間に感じ取れるこのエッセイで、カミュは世間の喧噪のなかにあって、芸術家の「平和とは、沈黙のなかで愛し、創造することであるはず」だと述べる。そうした彼が信頼を寄せるのはやはり太陽なのだ。「今一時たてば、太陽が口をつぐませる」。

「ティパサに帰る」

七番目の「ティパサに帰る」は、一九五二年と記されている。二〇歳のときに「愛し、また激しく享受した」「自分の青春の場所」であるティパサ再訪のエッセイである。過去二回の訪問を回想して、彼はこう語る。「最初私は、自分にとって唯一の富であった美の光景のうちで育てられ、豊饒さから出発した。次いで鉄条網が、すなわち暴虐、戦争、警察、反抗の時代がやってきた」。戦争が始まり、世界は様相を一変させ、愛も無垢も失われ、「最初それと知らずに潔白だったわれわれは、今では欲せぬまま有罪だった」。

一九五二年一二月、カミュは、天候の回復を待ちながら数日間アルジェで待機したあと、廃墟を訪れる。「その光、その沈黙のなかで、狂乱と闇の幾年間かが徐々に溶けていった。久しい以前から停止していた私の心臓がしずかに鼓動し始めたかのように、私は自分のうちに半ば忘れられていた響きを聞いた」。かつて青春の日々に、カミュは、外部の沈黙に答えるようにしてみずからの内部に立ちのぼってくる沈黙に耳をすましたものだった。今日、彼は、郷愁の混ざった感動とともに、かすかな息づかい、「幸福な波の音」に耳を傾ける。「やっと私は港に、少なくとも一瞬のあいだ戻ってきたのであり、以後その瞬間はけっして終わることがないかのように思われた」。かくして、冬のさなかに「不敗の夏」が見出されることになる。

「ティパサに帰る」が示すように、カミュはこの青春の土地に対して変わらぬ愛着を抱き続けた。一九五五年、四一歳の彼は、『手帖』に、自分が「そこで生きそして死ぬ（強調原文）ことができると考えた場所のリスト」を掲げ、その筆頭にティパサを挙げた。『幸福な死』では、メルソーはティパサにおいて胸膜炎で早世するのであり、カミュはすでに二五歳のとき、ティパサで死ぬという願いを主人公にかなえさせていた。そして、五八年三月、不慮の事故死の二年前、ティパサを訪れたカミュは『手帖』にこう記しており、これがティパサに関する最後の記述となった。

> ティパサ。灰色の穏やかな空。廃墟の中央で、少し波立った海のざわめきが小鳥たちのさえずりにあとをゆずる。巨大で軽やかなシュヌーア。ぼくはやがて死ぬだろう。そしてこの場所は充足と美を放散し続けるだろう。こう考えても、悲しいことは少しもない。反対に感謝と賞讃の感情がこみあげてくる。

「間近の海」

エッセイ集を締めくくる「間近の海」は、一九五三年に執筆され、翌五四年『NRF(新フランス評論)』に発表された。第二次大戦後にカミュがおこなった二度のアメリカ旅行、とりわけ四九年の南米への船旅が素材になっており、航海日誌のスタイルをとる。帆をあげ風を受けて航行する旅に、詩想と夢想が交錯し、時に応じて刻々と変化する大洋の多彩な表情を語る。太陽への渇望が横溢するエッセイ集の最後に、カミュは自分が太陽と同じように愛した海への讃歌を置くのである。『戒厳令』において、町に閉じ込められたカディスの住民にとっては、海こそが解放の象徴であった。舞台では、コーラス隊の「海へ! 海へ!」の叫び声が響きわたったが、このエッセイでカミュはその記憶の淵源が少年時代の読書にあることを明かしている。「〈海へ! 海へ!〉と、子どものときに読んだ本のなかのすばらしい少年たちは叫んでいた」。カミュはここでも、幸福への言及によってテクストを締めくくっている。「私はつねに大海原で、脅かされ、王者の幸福のただなかに生きているような気がしていた」。

五〇年代の旅行

一九五四年以降、カミュは太陽を求めて、アルジェリア、イタリア、ギリシャへ旅を重ねた。

五四年一一月から一二月にかけて講演のためイタリアを訪れたあと、翌五五年二月には、アルジェの古巣ベルクール地区へ『最初の人間』のための取材旅行をおこない、さらにティパサへと足を延ばした。

「ティパサに帰る」で、カミュはこう書いた。「一九三九年九月二日、私は予定していたようにギリシャに行きはしなかった。反対に戦争がわれわれのところまでやってきて、次いでギリシャそのものをも覆ってしまった」。彼にとって、ギリシャ訪問を中止させた戦争の勃発は、古代の叡智と地中海の光の喪失の始まりでもあった。戦争の終結から一〇年を経て、一九五五年四月から五月にかけて、彼はようやく二〇日間のギリシャ旅行を実現した。『手帖』には、この体験が「これからの人生のただなかにおいて保ち続けることができる、唯一の長い期間にわたる光の源泉のように思われる」と書いている。ギリシャから帰ったあと、同年八月になると、カミュは前年に続いてイタリアを訪れた。

カミュの旅はさらに続き、一九五八年三月末から四月初めにはアルジェに滞在し、また同年六月から七月にかけて二度目のギリシャ旅行へ出かけた。このときはマリア・カザレス、友人の出版人ミシェル・ガリマールとその妻ジャニーヌが同行した。

太陽を求めるこうした南方への旅のあいまに、北ヨーロッパへ短期間の旅もなされた。一九五四年一〇月五日から九日までのごく短いオランダ滞在からは、『転落』(一九五六年)の舞台であるアムステルダムの情景が生まれた。そしてもうひとつの重要な北方への旅は、後述するように、五七年一二月、ノーベル賞授賞式に出席するためのストックホルムへの旅である。

『レクスプレス』

一九五四年一一月一日、アルジェリア各地で同時テロが起こり、FLN(民族解放戦線)の名でビラが散布された。のちにアルジェリア独立戦争と呼ばれることになる武装闘争の始まりであった。独立運動を率いる勢力のなかで穏健派は力を失い、FLNが次第に主導権を握り、弾圧を強めるフランス軍とのあいだで激烈な戦いが展開されるようになった。こうした状況のもと、カミュはジャーナリズムへの復帰を決めることになる。

マンデス゠フランス内閣が一九五五年二月に総辞職したあと、カミュはインドシナやモロッコの植民地問題において成果を産み出したこの政治家をふたたび政権に就かせることがアルジェリア問題の解決に必要だと考え、彼を支援することを目的に、創刊まもない週刊誌(五五年一〇月から五六年三月までは日刊紙)『レクスプレス』の寄稿家になった。こうして、同年五月、彼にとっては三度目の、そして最後のジャーナリストとしての仕事が始まった(図8)。カミュは五六年二月までの八か月間に三五本の記事を書いたが、半数近くはアルジェリアに関するものである。

一九五五年八月、アルジェリアのコンスタンティーヌ地方で、FLNの独立派がフランス軍および現地フランス人武装組織と戦い、双方に多数の犠牲者が出た。これに心を痛めたカミュは、シャルル・ポンセやエマニュエル・ロブレスなどアルジェリアのリベラル派の友人たちの懇請を受けて、翌五六年一月『レクスプレス』紙上で「市民休戦」を呼びかけ、一月二二日にはみずからアルジェに赴き、直接聴衆に向かって語りかけた。「フランスとアラブの連合、平和で創造的なアルジェリアへの希望」を維持するために、いますぐに休戦を勝ち取ることは無理であるとしても、「罪のない人びとの殺害だけは思いとどまる」ように訴えた。三七年の「ブルム゠ヴィオレット法案」への支持以来、『アルジェ・レピュブリカン』や『コンバ』において、カミュはつねにリベラルな立場を貫いた。被植民者のアラブ人(カミュはベルベル人とアラブ人を区別せずアラブ人と呼んでいた)と植民者のヨーロッパ人(大多数はフランス人)が、ともに

図8 『レクスプレス』紙の組版台のカミュ

アルジェリアの地において合法的に平和に共存できる解決方法があると、彼は信じ続けた。しかし、そうした信念も、現実の政治状況のなかでは年を追って実現困難なものとなり、彼は双方から批判された。「市民休戦」の呼びかけのとき、会場の外では、右翼過激派となったアルジェリア在住のフランス人たちは「カミュを殺せ!」と叫んでいた。

アルジェリア問題に対しては三つの立場があった。ひとつはサルトルやフランツ・ファノンのように植民地体制を打ち倒すことが唯一の解決であるとする立場、二つ目は植民地体制を是としてこれを維持することを主張する過激主義者の立場、三つ目はカミュのように体制を改善していっそうの正義を被植民者に与えようとする立場であった。しかし、一九五四年に始まったアルジェリア戦争は、カミュの立場を不可能にしたのである。

「モーツァルトへの感謝」

一九五六年二月二日、カミュは最後の論説を『レクスプレス』に発表する。折しもモーツァルト生誕二〇〇年にあたり、「モーツァルトへの感謝」と題された。サン゠テグジュペリは『人間の大地』(一九三九年)に収載された「虐殺されたモーツァルト」のなかで、子どものなかに芽生える天才をも圧し潰す戦争の暴力を嘆いた。それを想起しつつ、カミュは憎悪のアルジエリアと責任放棄のフランスを前にして、モーツァルトの音楽が「新鮮な歓びと、節度ある自由の絶えざる源泉」であり、「われわれの抵抗と希望」を鼓舞し続けるものだと述べた。

市民休戦の呼びかけに失敗した翌月、一九五六年二月『レクスプレス』を去ったあと、カミュはアルジェリアについて発言することをやめてしまう。同年三月、フランスは保護領であったモロッコとチュニジアに対して相次いで独立を認めた。だが、アルジェリアはフランスの直轄領であり、すでに一〇〇万人のフランス人がそこで生活していた。同年六月には巨大ガス田と油田が発見され、そのためフランスはいっそうアルジェリアを手放すことを躊躇した。独立戦争は長期化して激化し、カミュの沈黙は批判を招くことになった。その間彼は、死刑を宣告された独立派の活動家たちの助命運動をひそかに続けていたが、そのことが知られるようになったのは、彼の死後のことだった。

他方で一九五〇年代、東ヨーロッパの民主化運動に対する弾圧に、カミュは怒りを表明し続けた。五三年六月一七日、東ベルリンで労働者の暴動がソ連軍の戦車によって鎮圧されたとき（東ベルリン暴動）、彼はただちに公開の講演会で抑圧を告発する演説をおこなった。三年後、五六年六月二八日にはポーランドのポズナンで反乱が起こり、軍隊が出動し多数の死者を出したが（ポズナン暴動）、カミュはこのときも間をおかず犠牲者たちへの連帯を表明した。続いて同年の一〇月二三日から一一月一〇日にブダペストで発生した蜂起がソ連軍の戦車によって鎮圧され数千人の死者が出たとき（ハンガリー動乱）、ハンガリーの作家たちはとくにカミュの名を挙げて、ヨーロッパの作家たちに連帯を求めた。カミュはこれに応じて公開の場で発言しただけでなく、投獄された作家たちを救済するための活動を以後も継続しておこなった。このことを忘れないハンガリー人たちは、事件から五〇周年の二〇〇六年、カミュの墓に「感謝をこめて」と花束を手向けた。

2 『転落』——周囲を驚かせた傑作

異色の中編小説

サルトルとの論争後、カミュは創作力の減退に苦しみながら、のちに『追放と王国』（一九五七年）としてまとめられる短編小説集を試みていたが、そのうちの一篇が長い物語となって独立し、『転落』の表題で一九五六年五月に刊行された。友人のロベール・ガリマールは、「君は書けないと言っていたのに、それがこれだったんだ！」と驚いた。翌年のノーベル文学賞受賞を決定づける成功作となり、『ペスト』に匹敵する売り上げを計上した。

主人公クラマンスの原型は、一九五四年一二月一四日の『手帖』にある。「実存主義。彼らが自分を糾弾するとき、それはいつも他人を攻撃するためであるのは確かだ。悔悛した裁き人たち」。クラマンスは、人より先に自分の罪を認めて悔悛し、そのことによって他人を裁く権利を得る。『転落』の草稿には、完成稿の半ばまでに本質的なすべての主題がすでに記されていた。カミュはそこに新たな挿話を加えてふくらませただけであり、この作品は短期間で仕上げられた。はじめは、「左翼知識人」あるいは「現代の哲学者たち」を指す「彼ら」に対して、一連の攻撃あるいは皮肉な反撃が加えられていた。しかしやがて、とりわけ最終段階では、カミュはあまりにも個人的な関心を示す反論を削除し、「彼ら」を「われわれ」に変えた。同時に、語り手クラマンスのなかには、カミュ自身の姿を見出すこともできる。彼は一時期この作品に「現代の英雄」という表題を与えることを考えたが、『転落』はまさに著者自身をも含む現代人批判の書となった。

主人公が仮想の対話者に語る独白という形式が高く評価されたが、カミュは、『ヴェンチャー』誌の一九六〇年春・夏号に発表されたインタビューのなかで、自分は「芝居の手法（演劇の独白と暗黙の対話）」を小説に応用しただけだと語っている。じっさい今日に至るまで、『転落』はたびたび一人芝居に翻案され上演されてきた。その際には、劇場の観客が、小説内の架空の聞き手の役を務めることになる。この罪の独白は、同時期にカミュが翻案の執筆を進めていたドストエフスキー『悪霊』のスタヴローギンの告白、およびフォークナー『尼僧への鎮魂歌』のテンプル・スティーヴンズの告白とも通じ合う。また、この作品の形式とそこに見られる主題と人間観は、ドストエフスキーの『地下生活者の手記』を連想させるものである。のちにサルトルは、『転落』はカミュが書いたもののなかで最良の作品だと言った。カミュにおいて異色のこの中編小説は、その後も、カミュを好まない者たちからも高く評価されることになってゆく。

不条理および反抗の系列の作品は、それぞれ小説、戯曲、評論の三部作で構成されていたが、この系列から外れる『転落』には対応する戯曲も評論もない。一九五九年のインタビューで、小説家で劇作家のジャン＝クロード・ブリスヴィルから「物語、評論、演劇の技法のなかで、いちばんあなたを満足させるものは何ですか」とたずねられたとき、カミュは「そのすべての技法をひとつの作品のなかに結び合わせること」と答えたが、『転落』はまさにそのような作品である。これは、それ自身のなかに演劇的要素(一人芝居)と評論の性格(現代ブルジョワ批判)を有している。時代性を消し去ろうとした『異邦人』、寓話のなかで時代性を超えようとした『ペスト』と異なり、『転落』は同時代を批判することを目的としている。

パリの弁護士

『転落』の舞台であるアムステルダムに、カミュは一九五四年一〇月のオランダ旅行の印象を持ちこんだ。陰鬱な北国が、作品の主題に合致したのだ。パリに住んでいたカミュはたえず南の国の太陽を求めたが、クラマンスはそれとは反対に霧と寒さへ向かうことを選ぶ。彼はさらにアムステルダムの深い霧と、ギリシャの澄明な光とを比較して、失われた無垢な時代への郷愁を語る。「向こうでは、大気は純潔で、海と快楽は澄みきっている。ところが、私たちときたら……」。ここには、五五年にカミュがおこなったギリシャ旅行の記憶が反映している。

『転落』では二つの物語が重なって進行する。ひとつは、クラマンスと名乗る男がアムステルダムのバーで知り合った同年配の男性を相手に過ごす五日間。クラマンスは、この町の運河がダンテの『神曲』にあらわれる地獄の輪にそっくりだと語りつつ、運河沿いを歩いて町を案内し、四日目に船に乗ってマルケン島を往復したあと、最終日に至り相手の男を自分のアパルトマンに迎え入れる。

もうひとつの物語は、クラマンスがおこなう告白であり、その大部分はアムステルダムに来るまでのパリ時代の話である。この回想は錯綜して、相手を籠絡する戦略を秘めている。はじめにクラマンスは自分の職業を「悔悛した裁き人」であると述べるが、この語が何を意味するのか、それを明らかにしていく過程こそが、彼の五日間におよぶ語りである。この間、彼は新聞連載小説の作者のように相手の興味を引きつけ、翌日の約束を取りつける。彼の話は自伝的物語を構成し、気まぐれな個人的思い出話の外見のもとで、現代の人間に対する糾弾となる。

クラマンスは、パリでは弁護士をなりわいとし、しばしば「善良な殺人者」の弁護の労をとったと言う。「善良な殺人者」とは、やむを得ない事情のせいで殺人者とならざるを得なかった人びとであり、それはまた『戒厳令』のディエゴが、「一時的な錯乱のせいで」殺人を犯したとして擁護した者たちである。こうして、クラマンス自身は殺人者を弁護する立場にあり、無謬(むびゅう)の彼はだれからも批判を受けることがないと思い込んでいた。

だが、二日目の終わりと三日目の終わりにおいて、クラマンスは自分の「転落」のきっかけとなった事件を語る。いずれもパリのセーヌ川の橋を渡るときの出来事であり、ひとつは、アール橋の上で正体のわからない笑い声を背後に聞いたことである。帰宅した彼が浴室の鏡を見ると、そこに映った自分の微笑みが二重になっているように見えた。これが彼の表裏のある偽善を暴き立てるきっかけとなり、もうひとつの抑圧していた記憶がよみがえる。二、三年前、同じく一一月の夜のこと、クラマンスはパリのロワイヤル橋で投身自殺者を見捨てたことを思い出すのだ。

このセーヌ川で溺れた女性には、カミュの妻フランシーヌの姿が投影されている。カミュとマリア・カザレスとの交際が公然のものとなり、フランシーヌは次第に神経を病み、とりわけ一九五三年の秋以来、重い鬱病にかかって自殺未遂を起こした。この出来事に対して、カミュは罪責感を抱いていた。また、救いを求める投身者の叫び声は、故郷アルジェリアからの呼びかけであるとも解釈できるが、それに対して有効な対応ができず、カミュは苦しんでいた。

フランス語の原題《La Chute》は、セーヌ川に投身した女性の事件が示すような「転落」を意味すると同時に、キリスト教におけるアダムの楽園追放が表す「堕落」「堕罪」の意味をもつ。社会のあらゆる分野で卓越していたこの廉潔(れんけつ)な弁護士は、溺死者の叫び声によって、まさに「転落」するのである。クラマンスはこう告白している。「自分が有罪であることを受け入れ、認めねばならなかったのです」。

万人の有罪

セーヌ川の自殺者の記憶が戻ってきたときから、クラマンスは、だれもが彼の罪を糾弾し、裁こうと待ち構えていると感じるようになった。もはや潔白はどこにもないが、だからこそ彼はいっそう失われた潔白への愛惜を抱いている。「だれもが、なんとしても、潔白であることを要求します。たとえそのために、人類全体と天を糾弾することになっても」。

彼にとって、潔白は約束事としての《jeu》(ゲーム・演技)のなかにしか存在しない。次の告白には、サッカーと芝居を愛した作者カミュ自身の声が反響している。「観客席がはちきれそうな大入り満員の日曜日の試合と、比類ない情熱で私が愛した芝居、それだけが自分が潔白だと感じる場所なのです」。潔白に憧れながらも、クラマンスは至るところに罪を見つけ出す。彼によれば、イエスでさえ、「自分は必ずしも潔白ではないと知っていた」。というのは、「両親が彼を安全な場所へ連れ出しているあいだに虐殺されたユダヤの子どもたちは、彼のせいでないとすればどうして死んでしまったのでしょうか」。カミュの作品において、子どもは無垢の象徴である。しかしイエスは、彼自身がまだ幼子であったとき、救世主生誕を畏れるヘロデ王によって、みずからの意図とはまったく無関係に、幼児虐殺の原因となったのだ。ここでは人類の罪を贖(あがな)ったイエスさえもが潔白ではなく、罪なき者はひとりもいない。「私たちはだれの潔白も断言できないのに、万人が有罪であることは確実に断言できる。各人が他のすべての人間の罪を証言する」のである。

殺人と潔白

五日目に、クラマンスは対話者を自分の家へ招き、ヘントの教会にあるファン・アイクの『神秘の子羊』と、その祭壇画を構成する一枚のパネル『正しき裁き人』について語る。かつて盗まれたこのパネルを彼が秘匿しているというのだ。「正義は決定的に潔白と切り離される、潔白は十字架の上、正義はこの押し入れに」。『正義の人びと』のカリャーエフは「正義と潔白」こそが人間には必要なのだと言った。だが、ここでは正義と潔白が切り離され、潔白は十字架にかけられて息絶え、正義は押し入れに閉じ込められる。

『転落』は殺人と潔白をめぐるカミュの思索のひとつの到達点である。『幸福な死』のメルソーも、『異邦人』のムルソーも殺人を犯しながら罪の意識とは無縁であった。カミュの作品において最初に罪が問題となるのは『カリギュラ』である。暴君のローマ皇帝は鏡に映った自分の姿に向かって「おまえも有罪なのだ」と言う。続いて『誤解』のマルタは、「自分の罪に囲まれてひとりぼっち」であると告白する。しかし、この両者の犯した罪は、不条理な運命に対して投げつけられた挑戦の結果である。クラマンスの状況は、これらとはまったく異なる。罪を負わせることのできる非情な神はもはや存在しない。彼は嘆いている。「ねえ、神もなく、主人もいない孤独な者にとって、日々の重荷は耐えがたいものです」。彼が罪責を感じている殺人は、それが不確かで間接的なものであっても、カリギュラの明白な権力の乱用が引き起こす殺人もはるかに悲劇的である。

『ペスト』のタルーは、現代においてわれわれはペスト患者であることを免れないと言いつつ、「潔白な殺人者」たらんと努めようとした。だが、クラマンスはいかなる潔白も認めない。「政治におけると同様、哲学においても、私は、理論においては人間に潔白を拒否し、実践においては人間を罪人として扱うことに賛成なのです」。だれもが、自分自身の内部を探求すれば、確実に自分に罪があるという理由を見出すだろう。転落はわれわれの条件であり、事故ではないのだ。

「悔悛した裁き人」

われわれの罪は絶対的なものであり、いかなる弁明の余地もない。残された方策は、罪の重さをいくらかでも軽減することだろう。そこでクラマンスは、罪を万人にまで押し広げ、それを薄めてしまう手段を見つけ出した。それが「悔悛した裁き人」である。

勝利するためには議論を逆にしなければならないことを私は発見したのです。他人を断罪してもその裁きがたちまち自分に戻ってくるのだから、他人を裁く権利を得るためには、まずわが身に非難を浴びせなくてはならない。どんな裁き人もいつかは悔悛者となるのだから、裁き人になるためには、道を逆にたどって、まず悔悛者の仕事から始めるべきなのです。

クラマンスは、こうして自分の恥と罪業を洗いざらい語り、話の途中で「私」から「われわれ」へと移り、最後に「これがわれわれ本来の姿なのです」と宣言する。計算された告白の最後に、今度は彼自身が聞き手となり、相手に自分の罪を告白するように迫る。現代ではだれもが有罪なのだから、だれもが自分の罪について語ることができるはずなのだ。頻出する「あなた」は、聞き手の背後にいる読者に差し向けられ、読者自身が架空の人物であるクラマンスに現前し、その結果、物語の最後でこの悔悛した裁き人の批判の的になるのである。

翻案劇『尼僧への鎮魂歌』

カミュの演劇活動は翻案劇から始まった。一九三六年、二二歳のとき、労働座のためにマルローの小説『侮蔑の時代』を翻案して上演したのを皮切りに、仲間座と改称してからも、三八年のジッド『放蕩息子の帰宅』、ドストエフスキー『カラマーゾフの兄弟』と続いた。そのあとパリで四本の創作劇『カリギュラ』『誤解』『戒厳令』『正義の人びと』を上演、五〇年代に入ると、カミュは翻案劇の世界へ戻ることになる。サルトルとの論争後、持病の結核、妻フランシーヌの抑鬱状態、さらにはアルジェリア問題の混迷のため創作が困難になった彼は、その埋め合わせに多くの翻案を手がけた。若い時期に熱中した演劇活動に活路を求め、仲間たちとともに芝居を作り上げる共同作業に歓びを見出したのである。

図9　カミュとカトリーヌ・セラーズ

五〇年代最初の翻案劇は、一九五三年六月、フランス西部の都市アンジェの野外劇だった。カミュの翻案によるカルデロンの『十字架への献身』とピエール・ド・ラリヴェイの『精霊たち』が上演された。両作にマリア・カザレスが主演し、初日の三日前に急逝したマルセル・エランに代わって、カミュ自身が演出することになった。二年後の五五年三月には、パリのラ・ブリュイエール劇場でディーノ・ブッツァーティの『ある臨床例』の翻案が上演された。

カミュの翻案劇でもっとも成功したのは、フォークナーの小説に基づく『尼僧への鎮魂歌』

である。エランがマチュラン劇場のために取りかかっていた仕事を、その死後、カミュが引き継ぎ、一九五六年九月二〇日、みずからの演出で上演した。カミュはシャールに宛てて「『鎮魂歌』は成功を収め、ぼくも役者たちもみんなが驚きました」と書いた。主役のテンプル・スティーヴンズを演じたカトリーヌ・セラーズ(図9)は、チェーホフ『かもめ』の舞台を観たカミュ自身が声をかけて抜擢した女優であった。その後セラーズは、カザレスに次ぐ、カミュにとっての新たな愛人になった。

カミュは野外劇を好んだ。一九五七年六月には四年ぶりにアンジェ演劇祭に参加し、ロペ・デ・ベガの『オルメードの騎士』の翻案劇、それとともに『カリギュラ』をみずから演出した。

短編集『追放と王国』

一九五四年三月二七、二八日の『ラ・ガゼット・ド・ローザンヌ』に発表されたジャーナリストのフランク・ジョットランとの対談において、カミュはこう述べた。「私はいま短編小説集を書いています。これはつなぎの仕事ですが、この形式は自分に向いていると思います」。「不条理」「反抗」に続き、カミュは第三段階の「愛」を主題とした作品群に取りかかる予定だったが、少し回り道をするのだ。五六年の『手帖』にこう記されている。「第三段階の前に。

〈現代の英雄〉についての小説集。裁きと追放(原文強調)の主題」。「裁き」を主題とした『転落』が先に完成して五六年に出たあと、翌五七年三月には『追放と王国』が出版された。カミュは初めて短編小説集を試みたが、リアリズムの手法や独白形式、諧謔を交えた語りや寓話的物語など、さまざまなスタイルの実験は、『最初の人間』への準備でもあった。

収録された六篇には様式や文体における統一はなく、ただ「追放と王国」という主題だけによって結び合わされている。追放と王国は緊密につながっており、追放を通過せずには王国へ至ることはできないし、王国の記憶や希望がなければ追放を知覚することはない。物語の舞台は、三篇がアルジェリアであるが(オアシス都市、アルジェ、高原)、青春の海はすでに遠いものとなっている。他の三篇は、サハラ砂漠奥地、そしてパリ、さらにはブラジルと多様である。女性ひとりを含む六人の主人公たちは、作者とほぼ同世代と思われ、若くしなやかな肉体を失い、人生と社会の桎梏(しっこく)のなかで追放感を味わっている。こうした困難のなかで、彼らはそれぞれに自分の王国を求めようと試みる。

「不貞の女」

カミュは、一九五二年一二月から五三年一月にかけてアルジェリアを旅したが、その折に自分で車を運転して、サハラ砂漠北端にあるオアシス都市ラグアットを訪問した。『手帖』にはこう書いている。「忘れないこと――ラグアットで、力強く不死身であるという奇妙な印象。死に対して清算すること、つまり不死身であること」。この体験から、『追放と王国』の冒頭に置かれた短編小説「不貞の女」が生まれた。

結婚生活に倦んだジャニーヌの陰鬱と、フランス人とアラブ人の二つの共同体のあいだの漠とした緊張感が、女性が主人公となるカミュ唯一の小説であるこの短編の全体を覆っている。夫の商用旅行に付き従い砂漠の町にやってきたジャニーヌは、夕刻になると、夫を促して一緒に堡塁に上り、そこから荒漠たる砂漠と遊牧の民の野営を眺める。『追放と王国』のなかで「王国」という語は六回あらわれるが、そのうち三回はこの場面に集中している。「石の王国」がジャニーヌの眼前に広がり、そこを「奇妙な王国の貧しいが自由な領主」である遊牧民が行き交い、彼女には「この王国」は、いまの瞬間にだけ自分に差し出されたものだと思われる。

その日の夜、ホテルを抜け出したジャニーヌは、今度はひとりで堡塁に上り、星空に魅せられる。

目の前では、星たちが一つひとつ落ちて、それから砂漠の石のあいだでその光を消した。

そのたびごとに、ジャニーヌは、次第に夜に向かって自分を開いていった。彼女は息を取り戻し、寒さと存在の重さを忘れ、狂気の、あるいは硬直した人生を、生と死の長い苦悩を忘れていた。恐怖から逃れて、あてもなく狂ったように走り続けてきた多くの歳月のあとで、ようやく立ち止まったのだ。

『異邦人』における独房のムルソーも、星に満たされた夜を眼前にして、「世界の優しい無関心」に心を開いた。その数年後、アメリカ合衆国への旅行の帰途、大西洋を横断したときに、カミュは、「星という星が揺れ動き、マストの上を滑っていく」のを眺めながら、「私のうちなる沈黙、私をいっさいから解き放ってくれる沈黙」を感じた。単調で空虚な生活に疲れたジャニーヌもまた、星空に自分の王国を見出すといえる。「石の王国」に惹かれたジャニーヌにおいては、かつて『結婚』や『幸福な死』に見られた「石化の夢想」が姿を変えて、夜の星と砂漠の石との官能的同化という形であらわれる。

「背教者」

「背教者あるいは混乱した精神」は、『追放と王国』のなかで唯一の一人称の内的独白による作品であり、『転落』との共通点をもつ。クラマンスに劣らず饒舌で騒々しい背教者の語りは、夜明けに始まり二四時間続く。

「不貞の女」のジャニーヌはサハラ砂漠の入り口の町で、堡塁から眼前に広がる石の王国への憧憬を抱いた。カトリック布教の使命に燃える背教者は、さらに砂漠の奥深くへと入り込んでいく。その地で「未開人」の物神に出会った彼は、善の支配は不可能なのだと知って改宗する。「どんな神もこれほどおれを支配し、隷従させたことはなかった」。過激な反キリスト者となり、反ヨーロッパ文明の支持者となった背教者はこう主張する。「ただ悪だけが存在するのだ、ヨーロッパを倒せ、理性と名誉と十字架を倒せ」。一九五〇年、カミュは『手帖』に「二〇世紀におけるもっとも激しい情熱。すなわち隷従」と書いた。「背教者」では、この主題が過激な形で描かれている。カミュは、ジャン・グルニエに対して、この隷従する背教者は「共産主義者になった知識人」、すなわち「悪の宗教をあがめるに至った知識人」の寓意であると語っている。原始的な悪の宗教に、カミュは二〇世紀の共産主義を重ね合わせた。

改宗した背教者が夢見るのは悪の王国である。彼の祈りは「悪人が永久に主人となり、ついに王国が到来しますように」と、「主の祈り」のパロディになっている。悪の王国のシンボルが意味するものは重層的であり、多様な解釈が可能な作品によって、カミュは同時代批判をおこなったと考えられる。

「口をつぐむ人びと」

三番目に置かれた「口をつぐむ人びと」は、社会的リアリズムに近い手法で、労働者の一日を語る。自伝的小説『最初の人間』において描かれることになる叔父の樽職人エチエンヌを通して、カミュは少年のころから樽工場の仕事になじんでいた。

ストライキが失敗したあと、職場に復帰した職人たちは、沈黙を選ぶことで工場主に反抗する。だが、彼らの毅然とした沈黙は、工場主に対して同情と友愛を示すべきときに彼らからことばを奪ってしまい、彼らは他者との連帯をみずから絶ってしまう状況に追い込まれる。ここでカミュは、武器としての沈黙と、拘束としての沈黙の二つの性格を描いている。陰鬱な一日を終えて帰宅した主人公のイヴァールは、妻と夕暮れの海を眺めて、若ければ「二人で出発しただろう、海の向こう側へ」と、不可能な王国への希望を抱くのである。

「客」

「客」は一九五二年ころから執筆が計画され、アルジェリア戦争が勃発する五四年までに完成された。作品のなかでは、まだ戦争は始まっていないが、その前夜の緊迫した状況が描かれている。物語の舞台はアルジェリアの高原地方であり、住民の貧しさは、カミュが若き日に書いたルポルタージュ記事「カビリアの悲惨」を想起させる。

原題であるフランス語の《L'Hôte》には「主人」と「客」の二つの意味があり、対立する両民族のあいだの困難な歓待を主題としている。小学校教師のダリュのもとに、友人である憲兵がアラブ人の囚人を連れてくる。憲兵が帰ったあと、残された囚人は、「主人」であるダリュにとって、彼が望まないやっかいな「客」になる。フランス語を話さないこのアラブ人に、ダリュはアラビア語で話しかける。カミュは、多くのフランス人と同様にアラビア語を学んだことがなく、いくつかの単語を知っていただけである。アラビア語はその方言も含めて、リセでは教えていなかった。ダリュがどのようにしてアラビア語を学んだかは明示されていないが、この囚人と意思を通わせる程度に話すことができる。

「主人」と「客」の二人はともに、この石だけが支配する砂漠の住民である。「小石だけでこの国の四分の三を覆っていた。〔……〕この砂漠のなかでは、だれも、彼もまたこの客も何者でもない。にもかかわらず、この砂漠の外では、どちらも真に生きることはできなかっただろう」。ダリュは、共通の王国である同じ土地に生きるアラブ人に対して、可能な限りの友愛を示そうとするが、現下の政治情勢では彼の配慮は相手に通じない。彼の「客」が属するアラブ人社会と、憲兵が代表するフランス人社会、この対立のあいだで引き裂かれたダリュに、カミュ自身の姿を見ることができるだろう。

「ヨナ」

作家としての名声の高まりは、同時にカミュから創作に必要な時間を奪うようになった。その困難を主題にして、彼は作家を画家に置き換え、ユーモアを交えた筆致で二つの作品を書いた。ひとつは『画家の生活、二部の無言劇』であり、これは一九五三年二月オランの雑誌『シムーン』に発表された。二つ目は、『追放と王国』の第五篇「ヨナあるいは制作する画家」である。

これまでの四篇は、いずれも回想場面は別として二四時間以内に終わる物語であったが、「ヨナ」はパリの画家が成功し凋落するまでの比較的長い期間におよぶ。制作力が減退し、絵の売れ行きが鈍り始めたヨナは、自分に必要な静寂を求め、廊下の端に天井部屋をつくって、そこに閉じこもってしまう。こうして自分の時間を手に入れたヨナではあるが、仕事に取りかかることなく、ただ好運の星がふたたびあらわれるのを待ちながら、思案に暮れるばかりだった。旧約聖書のヨナが鯨の腹から帰還したように、画家ヨナも意識を失ったあと天井部屋から引き出される。彼が天井部屋に残したキャンバスは真っ白なままであり、その中央には一語だけが書かれていた。「しかし、それを孤独（solitaire）と読むのか、それとも連帯（solidaire）と読むべきなのかはわからなかった」。

真の創作活動に必要な孤独と、時代とともに生きる芸術家の責務が要求する連帯、そのあいだで引き裂かれた作者の苦悩が浮かび上がる。「孤独」と「連帯」のアポリアは解決されないが、『ドイツ人の友への手紙』でパスカルのことばをエピグラフに掲げたカミュにとっては、両端の緊張関係のなかで均衡を保つことでしか王国は見出されないだろう。

「生い出ずる石」

最後に置かれた「生い出ずる石」は、一九四九年のブラジル旅行から題材を得た物語である。前作「ヨナ」のパリから、物語の舞台はいきなり深い森林のただなかへと移行する。河川工事の技師としてブラジルの町イグアペに来たダラストは、ヨーロッパの故国を去る前に、他人の死に責任を負うことになったと思われる。「私のせいで、あるひとが死にかけていた」と彼は語る。同様の状況において『転落』のクラマンスが北の国に逃れたのとは対照的に、ダラストは贖罪と再生を願って南の新天地にやってきたと想像することができる。

ここには二つの石が登場する。洞窟のなかで生長し、土着信仰の対象になっている石と、ダラストが現地人のコックを助けて担ぐ石である。カミュの石への偏愛は後者にあらわれるが、シーシュポスのように石を押し上げるダラストは、それを教会ではなく、コックの仲間たちが集う小屋へと運び、彼らに友人として迎え入れられる。「川の流れの音が、ざわめく幸福で彼を満たした。目を閉じた彼は、歓びにひたって自分自身の力を讃え、さらにもう一度、これから始まる人生を讃えた」。貧しい住民たちのあいだに連帯の王国を見出す技師の姿によって、この短編集は終わっている。とはいえ、二つの民族のあいだで苦悩するアルジェリアの小学校教師、孤独と連帯のはざまに生きるパリの画家とは異なり、この技師は作者カミュが南米旅行中に垣間見たフィクションなのである。

3 ノーベル文学賞

「ギロチンに関する考察」

結核に冒された自分を死刑囚になぞらえた「ルイ・ランジャール」以来、カミュは死刑に強い関心を寄せていた。「不条理」と「死を宣告された男」に関する考察は小説およびエッセイの分野で構想され、『異邦人』と『シーシュポスの神話』に結実する。『アルジェ・レピュブリカン』の記者になった彼は、重罪裁判所で死刑判決に立ち会い、第二次大戦中には軍事裁判による処刑報道に接し、戦後になると対独協力者の粛清に直面した。冷戦の時代には、カミュは全体主義的政治体制下における死刑判決を批判した。『反抗的人間』において、彼は今日ではいっさいの行動が「殺人につながっている」と述べるが、彼が問題とするのは情動的殺人ではなく、論理的殺人である。その糾弾の矛先は制度化された殺人に向けられており、死刑はそのひとつである。

アルジェリア戦争の勃発とともにひんぱんに執行されるようになった死刑に対して、カミュはその廃止を訴える書物を世に出すことになる。一九五七年、カミュの「ギロチンに関する考察」が、アーサー・ケストラーの「絞首刑に関する考察」およびジャン・ブロック＝ミシェルの「フランスにおける死刑制度」と併せて、カルマン＝レヴィ社から『死刑に関する考察』の表題で刊行された。この書は、フランスでは八一年に死刑制度が廃止されるまでのあいだ、重要な文献であった。

『異邦人』のムルソーは、牢獄で父が死刑執行を見に行ったことを想起するが、「ギロチンに関する考察」の冒頭では、カミュはそれが自身の父のエピソードであることを明らかにしている。ただ、死刑囚のムルソーが殺される側の立場であったのに対して、ここでカミュが父の実体験を持ち出すのは、殺す側の視点からである。この転換点として重要なのは、すでに述べたように戦後の対独協力者粛清の問題である。「ギロチンに関する考察」においても、その末尾近くで、ナチスにより死刑に処せられたレジスタンスの闘士ガブリエル・ペリとともに、対独協力者として処刑されたブラジヤックが想起される。そして死者となった彼らは不動で絶対的な存在となり、「現在では彼らのほうがわれわれを裁く」のである。この死者に対する負債の感情こそが、カミュの死刑廃止論の原点にあったと言えるだろう。

スウェーデンの講演

妻フランシーヌのほかに、カミュを取り巻く女性の輪に、一九五七年の初めから、マリア・カザレス、カトリーヌ・セラーズに続く三人目のメット・イヴェールが加わった。このデンマーク系の美しい画学生は、パリのカフェにいたときに、カミュに声をかけられ、そのあと作家の死までの三年間親しい仲となった。長いあいだ匿名でいることを望んでいた彼女だが、二〇一三年以降は人前に出て、作家との思い出を証言している。

一九五七年一〇月一六日、「今日人間の良心に提起されている問題にきわめて真摯に光をあてた重要な文学作品」に対して、カミュへのノーベル賞授与が発表された。二〇日後の一一月七日に四四歳になるカミュは、一九〇七年に四一歳で受賞したラドヤード・キップリングに次ぐ若い年齢での受賞だったが、彼自身はとまどいを見せた。シャールをはじめとする友人たちの祝福やフォークナーなど海外からの祝電に対し、敵対するジャーナリズムは、この賞がすでに活動を終えた作家に授与されるのが通例であったことから、カミュの作家生命はこれで終わったのだと書き立てた。

一二月になると、カミュはフランシーヌを伴ってスウェーデンに赴き、一〇日には、ストックホルムで受賞記念演説をおこなった。そこで彼は、本書の「はじめに」で引用したように、自分たちの世代の任務は「世界の崩壊を防ぐこと」だと明言する。そして、自分に与えられた名誉は、このような「途方もない責務」を遂行している「私の世代全体に対してなされたものと考えたい」と述べた。

続いて一二月一二日、ストックホルム大学の学生たちとの対話集会において、若いアルジェリア人がアルジェリア問題に関するカミュの沈黙を批判した。カミュは苛立ちを示してこう答えた。「私はいつもテロを批判してきました。たとえばアルジェの街なかで盲目的になされるテロ行為、いつの日か私の母と家族を襲うかもしれないテロ行為もまた糾弾しなければなりません。私は正義を信じていますが、正義よりも前に母を守るでしょう」。このことばは『ル・モンド』の記事として報じられたが、最後の一文だけが文脈から切り離されて恣意的に論評され、正義という大義と自分の親を比較する無理な論理だと批判された。ただ、カミュの真意は、『正義の人びと』で無垢な子どもの命を奪う革命の大義に疑問を投げつけたのと同様、潔白な母に危害を加える正義の正当性を問うことだっただろう。

一二月一四日には、スウェーデン中部のウプサラ大学で、「芸術家とその時代」と題した講演をおこない、今日の芸術家は自発的に「アンガジェ(社会参加)」しているのではなく、パスカルのことばを借りて、自分の時代というガレー船に「アンバルケ(乗船)」させられているのだと述べた。かくして芸術家は「モーツァルトの作品のなかに息づいているあの神のごとき自由」を失い、危険のうちに創造することになった。カミュによれば、芸術のための芸術は現実の悲惨を知らず、社会主義リアリズムは現実の悲惨を利用する。芸術とは存在するものに対する「拒否であると同時に同意」であり、芸術家はこの「両義性」のなかに身を置き、現実を否定せず、しかもそれに異議申し立てをおこなう者である。

カミュはそれまでにも何度か芸術に関する自分の考えを明らかにした。『シーシュポスの神話』の「不条理な創造」、『反抗的人間』の「反抗と芸術」において、それぞれ不条理の系列、反抗の系列の芸術論を展開したが、スウェーデンでの演説は、それに続く系列、すなわち愛の系列における芸術論の序説と見ることができる。

『アクチュエルⅢ、アルジェリア時評』

一九五六年一月の「市民休戦」の呼びかけに失敗したあと、五八年六月、カミュは、それまでに書いたアルジェリアに関する文章をまとめて、『アクチュエルⅢ、アルジェリア時評、一九三九―一九五八』として刊行した。三九年の「カビリアの悲惨」に始まり、四五年『コンバ』の「アルジェリアの危機」、五五―五六年に『レクスプレス』で発表した記事などに、新たに「序文」と「一九五八年、アルジェリア」と題する結論を付した。そこでカミュは、「アルジェリアのアラブ人たちが正しい」と認め、「彼らを植民地政策から解放すべき」であると述べている。「植民地主義の時代は終わったのだ」。ただ、アルジェリアの独立はカミュの念頭にはなく、彼が構想する「新しいアルジェリア」は、「同じ土地に異なった民族が入り組んで共存する希少な模範」であった。

『アクチュエルⅢ』が反響を呼ぶことはなかった。刊行から二か月後の八月四日、ジャン・

グルニエにはこう打ち明けた。「アルジェリアに関しては、もう手遅れだと思っています。〔……〕もう黙っているしかありません。私にはその心づもりができています」。しかし、アルジェリア出身のフランス人作家である彼には、アルジェリア問題について発言を控えることは許されず、その沈黙は双方の陣営から非難され続けた。それまでにも、植民地問題について調査し不正を告発したジッドやマルローのような作家はいた。しかし、ジッドにとっての中央アフリカ、マルローにとってのインドシナとは異なり、カミュにとってアルジェリアは自分が調査に赴いた土地ではなく、生まれ育ち、家族、親族、友人がまだ住んでいる故郷であった。彼にとっては思想の問題ではなく、実存の問題であった。彼はそれを身体に抱え込んだ病気のように感じており、「私はアルジェリアに病んでいる」と語った。

第5章

愛の時代

──「私の夢見る作品」

ルールマランのカミュの墓

1 不慮の死と遺作

すでに触れたように、カミュは不条理、反抗に続く第三の系列「愛」の作品を構想していた。その言及が最初に『手帖』にあらわれるのは、一九四六年秋、『ペスト』の執筆を終えようとするころである。

第三の系列「愛」

こんなふうに不条理から出発すると、それがどこの地点であれ、愛の経験に到達することなくして反抗を生きることは不可能である。そして今後はその愛を定義しなければならない。

ここでカミュが明言しているのは、第一に、出発点が不条理であること。第二に、この不条理は反抗へと続くこと。第三に、反抗を生きるためには愛の経験に到達しなくてはならず、今後はこの愛を定義するという課題が残されていることである。こうして、過去としての不条理、現在としての反抗、未来としての愛の三つの次元が提示される。

四年後の一九五〇年五月から九月のあいだに書かれた『手帖』の断章では、第三の系列はネメシスの神話と記される。「Ⅰ　シーシュポスの神話(不条理)－Ⅱ　プロメテウスの神話(反抗)－Ⅲ　ネメシスの神話」。前述のように、ネメシスは、「ヘレネの追放」(『夏』)および『反抗的人間』のなかにも節度の女神として登場する。ただこの時点ではまだ「愛」に結びつけられてはいない。「第三の系列(段階)」「愛」「ネメシス」の三つが統合されるのは、五六年前半の『手帖』においてである。「第三の段階、それは愛である。最初の人間、ドン・ファウスト、ネメシスの神話。その方法は誠実さということだ」。不条理、反抗、それぞれの主題のもとに、カミュは小説、戯曲、評論からなる三部作を発表した。「愛」の主題のもとでも、小説に『最初の人間』、戯曲にドン・ファンとファウストを統合した作品、評論にネメシスの神話が構想されていた。しかし、六〇年の事故死前にカミュが実際に着手したのは小説だけだった。

本書の「はじめに」でも述べたように、愛の主題は第三の系列にとどまらない。第一の系列以前の初期作品において、すでに愛が重要な主題となっていた。『裏と表』と『結婚』では、死に威嚇されたカミュの生に対する愛が、その若々しい文章を通して感じられる。また、第一、第二の系列の作品においても、愛の主題はその根幹に位置している。そもそも不条理も反抗も、生きることへの愛なくして生まれなかったものだ。『異邦人』のムルソーは、死刑を前にして、独房を訪れた司祭に対して神を拒否し、司祭の抱擁を拒む。そのとき司祭は「あなたはそれほどまでにこの世を愛しているのですか？」とつぶやくが、ムルソーのこの世への愛こそ、不条理の意識の根源にある。また『ペスト』のリユーもタルーに向かって、「もちろん、犠牲者のために闘わなくてはならない。けれども、他方で何かを愛することをやめれば、闘うことは無意味になってしまう」と言う。反抗の闘いを意味づけ、持続するためにこそ愛が必要となる。『異邦人』『ペスト』そしてやや回り道をして『転落』を書いたあと、短い生涯の最後におい て、カミュは自分の文学の集大成のように、愛を主題とした作品群に取り組もうとしていた。

夢見る作品――『裏と表』再刊への序文

カミュの文学的出発に「貧民街の母と息子」の物語があったことはすでに述べた。これはまず「ルイ・ランジャール」で素描されたあと『裏と表』に引き継がれ、以後は『手帖』のなかで断続的に記されて『最初の人間』へと発展する。一九五三年の『手帖』には、六章からなるこの小説のプランがある。同年一〇月、『アクチュエルⅡ』の出版後、カミュは「これからは創作活動だ」と書いて意欲を示すが、政治的問題および家庭内の問題が執筆を妨げた。
一九五八年になってようやく気力を取り戻したカミュは、『最初の人間』執筆の準備を開始する。その手始めに『裏と表』の再刊に同意し、すでに五四年に初稿が書かれていた「序文」を付した。そこで彼は、二三歳のときに発表したこの作品の再刊を長いあいだ拒んできたのは、何よりも「不器用さ」が目につくからだが、同時にこれらの頁には「真の愛」が見られるとも言う。『裏と表』を振り返りつつ、同時にカミュは自分の文学の源泉、さらには「自分が夢見る作品」について語り、その主題が愛であることを明らかにしている。「私がここで言いたかったのは、その作品はいずれにせよ『裏と表』に似たものになるだろうし、それはひとつの愛のかたちを語るだろうということだ」。自分の執筆予定の作品を、「夢想する」あるいは「想像する」という表現で語りつつ、カミュは『最初の人間』執筆の決意を固めるのである。

いずれにせよ、私がそれに成功することを夢見たり、この作品の中心にまたしてもひとりの母親のすばらしい沈黙と、この沈黙に釣り合う愛や正義を取り戻すためのひとりの男の努力を置くことを想像したりすること、それを妨げるものは何もない。人生の夢のなかで、その男は自分の真実を見出し、死の土地でそれを見失ったあと、戦争や叫喚、正義や愛への狂熱、最後に苦悩を経て、死さえもが幸せな沈黙であるような静かな故郷へと帰っていくだろう。

こうしてひとりの男の生涯を語る自伝的物語の構想が抱かれるが、カミュにはまず何よりも執筆のための環境が必要だった。パリでの息苦しい生活を嫌った彼は、早くから南仏に家をもちたいと願っていた。一九四七年には、ルネ・シャールに宛てて、「フランスでぼくの好きな地方は、あなたの住んでいるところ、より正確には、リュベロン山麓、リュール山、ローリス、ルールマランのあたりです」と書いた。五七年末のノーベル賞受賞の騒動による疲労は、翌五八年、夏のギリシャ旅行によって癒されたが、そのあと九月になると、彼はいよいよパリを離れるという自分の夢を実現する。ノーベル賞の賞金の一部をスペインのアナーキスト支援のために用い、その残りは、シャールが住むリル゠シュル゠ラ゠ソルグにほど近いルールマランの別荘購入に充てた(図10)。

一九五九年一月三〇日、五三年から取りかかっていたドストエフスキー『悪霊』の翻案がようやく完成して、カミュはみずから演出、パリのアントワーヌ劇場で上演した。この作品にはカトリーヌ・セラーズが出演し、上演に四時間を要する大作であったが好評をもって迎えられた。同年五月、「なぜ私は演劇をやるのか?」と題したテレビ放送で、カミュは、「芝居の舞台は自分が幸福を感じることができる場所のひとつ」であり、「演劇活動によって作家の仕事のなかでもたらされる厄介ごとから逃れることができるからです」と答えた。さらに、パリの知識人たち相手よりも、芝居仲間のあいだでこそ自分は自然に振る舞うことができるのだと述べている。彼は自分の劇場をもちたいと願い、その方面でも奔走を続けた。五九年末、文化大臣に就任したアンドレ・マルローは、カミュにコメディ・フランセーズあるいはアテネ劇場を任せる案をもっていたが、カミュの急逝のため実現しなかった。

図10　ルールマランのカミュの家

自動車事故死

一九五九年、ようやくカミュは執筆する時間を確保できるようになる。一月の『悪霊』全公演を終えると、この年の大半を前年に購入したルールマランの別荘で過ごし、『最初の人間』の執筆に力を注いだ。三月にはアルジェリアに小旅行して、家族の過去について調査し、資料を収集した。アルジエリア戦争が激化し、独立へと進む時代に書かれたこの作品は、『アクチュエルIII』とは異なり、アルジェリアの危機をフィクションの形で扱うものとなった。

一二月八日、カミュはルールマランからマリア・カザレスに宛てて、翌年の「六月までには第一稿を終えると確信している」、「この本は少なくとも五、六〇〇頁になるだろう」と書いた。一九五九年の年末を家族とともに別荘で過ごした彼は、六〇年一月二日にパリへ戻るため家族が列車で発ったあと、翌三日、ミシェル・ガリマールの運転する車に乗り込んだ。カミュは助手席に、後部座席にはミシェルの妻と娘がいた。途中マコンの近くで宿を取り、翌四日、サンスで軽い昼食をすませて出発、パリまであと一〇〇キロメートルというところで、車はヴィルブルヴァンの道路脇の

...nce-soir
7e ÉDITION
EXCLUSIF
Ces photos racontent la mort d'Albert Camus
• Lancée à une allure vertigineuse la voiture s'écrasa sur un platane
• Sous le choc elle éclata en trois morceaux éparpillés sur 150 m.
...aillement en Italie
...rts, 80 blessés à Monza
L'express Sondrio-Milan sort de ses rails sur un pont provisoire qui enjambe une rue
Les voyageurs pour Francfort ont accepté de descendre à Lyon pour sauver une grande brûlée
Restée 10 jours dans le coma, elle devra être soignée pendant 10 mois
voir page 9
communiqué des
GRANDS MAGASINS PARISIENS

図11　カミュの事故死を報じる新聞『フランス＝ソワール』

プラタナスに激突した。一三時五五分、カミュは即死した。四六歳だった。事故の原因は不明のままである。

一月六日、公式儀礼を省略した葬儀が営まれ、カミュの遺体はルールマランの墓地に埋葬された。五日後にミシェルも病院で死亡したが、彼の妻と娘は一命をとりとめた。そして、息子の死の九か月後、アルジェのベルクール地区でカミュの母が亡くなった。

死後の出版

カミュの死の二年後、一九六二年、アルジェリアが独立し、一八三〇年から続いたフランスによる支配が終わった。カミュが予感していたように、フランス人が大部分を占める一〇〇万人のヨーロッパ人がアルジェリアから本国へ逃れただけでなく、独立戦争が終結しても、アルジェリアの社会はなおも不安定な状況に置かれた。この年、パリでは、ロジェ・キーヨが編集した二冊の本がガリマール社から出版された。プレイヤッド版『アルベール・カミュ全集』全二巻のうち『戯曲、物語、中編小説集』の巻と、『手帖』の第一巻『手帖、一九三五年五月―一九四二年二月』である。

『手帖』は、カミュの死後発見された九冊のノートに基づいている。その執筆は二一歳だった一九三五年五月から死の直前の五九年一二月におよぶ。カミュは早くからこれをタイプ原稿化させており、五四年には刊行を考えて、それまでのノートへの加筆もおこなっていた。創作ノートや読書ノートとしての性格をもち、時には旅行記であり、時には日記でもある『手帖』は、発表以来カミュの作品の生成過程を跡づける資料として重宝されてきたが、ただ日付の記載が少なく、さらにカミュが後年手を加えていることもあり、扱いには慎重さが求められる。『手帖』は、その第一巻が六二年に出たあと、二年後の六四年には第二巻『手帖II、一九四二年一月―一九五一年三月』が刊行された。

プレイヤッド版全集は一九六二年の一巻出版後、三年後の六五年に残る一巻『評論集』が刊行された。この二巻は、その後二〇〇六年から二〇〇八年に四巻本の新プレイヤッド版全集が刊行されるまで、四〇年間にわたって、カミュの著作の信頼しうる校訂版であり続けた。また旧プレイヤッド版全集に収められなかったテクストは、その後、ガリマール社の「カイエ・アルベール・カミュ」のシリーズから刊行された。第一巻は一九七一年の『幸福な死』であり、『異邦人』に先立って書かれた未刊の小説の全貌がここで初めて明らかになった。

一九六五年には、ルネ・シャールとの友情の果実である『太陽の後裔（こうえい）』が刊行された。五二年、カミュは、スイスの写真家アンリエット・グランダが撮影した南仏ヴォークリューズ地方の写真から三〇点を選んで、そこにシャールの詩を彷彿させる短い散文詩を添えた。カミュの死後、シャールはこの草稿に手を入れて、「まえがき」と「あとがき」に該当する文章、「刻々と」と「友情の誕生と日の出」を付し、二人がともに愛した風景の記憶を残したのである。収録された散文詩に歌われたのはまさにカミュの世界であり、そのひとつ、グランダによる二本の柳の写真に添えられた詩は次のものである。

柳の古木から新しい枝が束となってほとばしり出る。
それは世界の最初の庭だ。黎明が来るたびに、最初の人間。

『手帖』のうち未刊であった第三巻は、第二巻に遅れること二五年、ようやく一九八九年に『手帖Ⅲ、一九五一年三月―一九五九年一二月』として刊行された。ここには、カミュ三七歳のときから、四六歳の死の直前までの覚え書きが収められている。それまでの二巻に比べると、第三巻はいっそう日記に近く、カミュの心情の吐露があちこちに見られる。苦難の時期を生きるカミュが思わずもらした溜め息、死の誘惑に身を委ねようとする諦観など、カミュの素顔がとぎれとぎれの短い文章の奥に透けて見える。

2　『最初の人間』——未完の自伝的小説

死後三四年の刊行

一九六〇年、カミュが自動車事故で急逝したとき、所持していたカバンから『最初の人間』の合計一四四頁の草稿が発見された。遺族や友人たちは、走り書きの未完成原稿を公刊することには慎重であり、発表するのは時期尚早と判断した。アルジェリア独立の直前に、植民地に住むフランス人家族の物語が受け入れられるのかどうか、また「ヌーヴォー・ロマン」(新しい小説)とひとくくりで呼ばれる前衛的で実験的な小説作品群が注目を浴びていた時代に、伝統的なスタイルの自伝的小説の試みが受け入れられるのかどうかが懸念された。ただ八〇年代からは、フランスにおいて伝記や草稿への関心が高まり、作家の手記、創作ノートといった資料が次々に出版されるようになった。推敲されていないからこそ作家の肉声が聞こえてくる草稿、虚構化が十分でないからこそ限りなく事実に近い生の記録としての自伝、それらが歓迎される素地ができていた。

死後三四年を経て、一九九四年、『カイエ・アルベール・カミュ』の第七巻として『最初の人間』が刊行された。カミュの年少の友人であった作家ロジェ・グルニエ(一九一九―二〇一七)は、八〇年代に入ってからのカミュ再評価によって、この作品を受け入れる素地ができていたと判断し、刊行に踏みきったと語った。初刷は二万部だったが、数か月で四〇万部が売れ、マスコミでも高い評価を得た。

二〇〇六年には、新プレイヤッド版『アルベール・カミュ全集』全四巻のうちの初めの二巻が、そして〇八年に残る二巻が刊行された。『最初の人間』もこの第四巻に収められたが、その際に草稿の見直しがおこなわれ、一九九四年版からの修正がほどこされて、一頁まるごと移動している箇所もあり、さらには多量の「補遺」が付加された(このプレイヤッド新版に基づく日本語訳はまだ出ていない)。

『ペスト』によって人間の条件の完璧な寓話を完成させたあと、『最初の人間』において、カミュはトルストイの『戦争と平和』のような歴史的叙事詩を目指した。「補遺」のプランによると、「第一部　ノマド、第二部　最初の人間、第三部　母」の三部構成が考えられていた。父親を含むノマドたちの探求に始まり、最初の人間としての主人公の生涯をたどって、最後は母親に回帰する物語となるはずだった。しかし、草稿として残されたのは、第一部の七つの章と第二部の初めの二章だけである。

父の探求

カミュは自著のいくつかに献辞を添えた。ジャン・グルニエに捧げられた『裏と表』に始まり、『シーシュポスの神話』はパスカル・ピアに、『アクチュエル、時評一九四四―一九四八』はルネ・シャールに、『反抗的人間』はふたたびグルニエに、『追放と王国』は妻フランシーヌに、ノーベル賞授賞式での演説を収録した『スウェーデンの演説』は小学校時代の恩師ルイ・ジェルマンに捧げられた。そして『最初の人間』の冒頭に、カミュは読み書きができない母へ献辞を記した。「とりなす人：カミュ未亡人　この本をけっして読むことができないであろうあなたに」。

導入部はいかにも長編小説らしい趣である。第一章は、カミュ自身の生年である一九一三年、アルジェリアでジャックが誕生するエピソードを語る。母となるリュシは聖母のような優しさと崇高さをたたえて描かれる。室内ではヨーロッパ人の女性とアラブ人の女性が力を合わせて、フランス人夫婦から生まれる子どもの誕生に力をつくす。戸外では父となったフランス人であるアンリ・コルムリが、アラブ人の男と身を寄せ合って雨をしのぎ、相手から祝福を受ける。キリスト降誕を思わせるこの場面は、ヨーロッパ人とアラブ人の協力と友愛を描くことによって、カミュがかねてより希求していたが、執筆当時は不可能と知っていた民族共存の夢を象徴的に示しているといえる。

第二章では、第一章から二つの大戦を経て四〇年が流れた一九五三年、ジャックが、フランスのブルターニュ地方、サン＝ブリユーの戦没者墓地で父の墓標と対面する。カミュ自身は一九四七年、三三歳のときに初めてサン＝ブリユーへ旅して、父の墓を訪れた。それから四年後、五一年の『手帖』に、この墓参が小説の構想としてあらわれる。「東部の戦没者墓地。三五歳の息子が父の墓参に行き、父が三〇歳で死んだことに気づく」。それまでカミュの作品においては父はつねに不在であったが、『最初の人間』においては、この墓参が物語を始動させる。息子は父の短い生涯がどのようなものであったか、その探求に着手することを決意するのである。

少年時代の物語

続く諸章で、ジャックはアルジェリアに戻り、母や恩師と再会し、父についての調査を始め、その過程において少年時代のさまざまな思い出がよみがえる。ここから、小説への配慮は希薄になり、物語は自伝的回想に似てくる。

それまでの作品にも見られた主題が、新たな姿で語られる。父とギロチンの挿話は、少年時代に祖母から聞いた話としてより詳細に叙述されて、ジャックは夜、悪夢にうなされる。ギロチンに対するこの恐怖こそ、「ただひとつの明白で確実な遺産として父が彼に残したもの」であり、それは「母親を跳び越えて、彼を見知らぬ死者に結びつける神秘の絆」だった。他方で、沈黙する母の主題もあらわれる。『裏と表』に始まり『異邦人』『誤解』を経て『ペスト』に至り、リユーの母の聖性をおびた沈黙へと昇華されたこの主題は、『最初の人間』では微笑をともなった母の沈黙となり、そこにこそジャックは自分にとっての聖なる神秘を見出す。

だが、少年時代の思い出はあざやかによみがえっても、父の探求は進捗しない。母からは父についてのどんな情報も聞き出すことができない。彼女は過去も未来も思いわずらうことなく、過ぎゆく現在に身をまかせて生きていた。母が生きているのは歴史を超えた永続する時であり、いつも同じ窓辺にたたずむ彼女の周囲では時間は停止して、息子は奇跡的な母の若さに出合うことになる。

最初の人間

『最初の人間』第一部「父の探求」は、ジャック生誕の第一章を別にすると、第二章のサン＝ブリユーの墓地に始まり、第七章のモンドヴィの墓地に終わる物語である。サン＝ブリユーの父の墓には名前と生没年が刻まれていた。しかし、自分の生地であるモンドヴィを訪れたジャックは、墓地にある数々の平墓石の文字がすり減って読み取れなくなっているのを知る。こうして墓さえもが土に還ってしまい、記録が抹消される土地で、ジャックは、過去一世紀のあいだ、いくつもの群れをなしてこの土地にやってきた入植者たちに思いをはせる。彼らの記憶は、摩滅した墓と同様に、痕跡を残さず消えてしまい、いまでは広大な忘却が彼らの上に広がっている。「彼らは沈黙し、すべてに背を向けていた。生まれ故郷から遠く離れて、理解しがたい悲劇のなかで死んでいった彼の父親と同様だった」。

父の探索は失敗するが、その試みはジャックに彼自身の子ども時代の発見と、大いなる忘却のなかで眠る無名の入植者たちの発見をもたらした。しかも、この二つは無関係ではない。

彼自身はかつてこの名前のない国から、群衆から、名前のない家族から逃げようと望んだが、彼の内部では、だれかが執拗に世に知られないまま無名であることを求め続けていたのであり、彼もまたこうした一族に属していた。〔……〕彼は、夜のなかを、何年ものあいだ、各人が最初の人間である忘却の土地を歩み続けてきたのだ。

みずからの源泉へと帰還する旅において、ジャックは自分もまた無名の種族に属していることを発見する。父の物語を発見することができなかった彼は、自分が「最初の人間」であることを悟る。しかし、彼のみならず、この土地ではだれもが最初の人間であり、各世代は、それぞれが一からやり直さなければならない。ここには、記憶や、物語の継承はない。その結果としての歴史もない。摩滅した墓石こそは、そうした最初の人間を象徴するものである。

ジャックが訪れるモンドヴィはかつて墓であったものの墓場、すなわち廃墟なのだ。人間たちが墓を建てて、そこに碑銘を刻み、記録と記憶を残そうとする努力は、墓が廃墟となることによって無化されてしまう。その姿は、ティパサやジェミラを想起させる。古代ローマの建造物は時間の経過のなかで崩壊して、ついには石に還った。ジェミラにおいては「世界はいつも最後には歴史に打ち勝つ」(『結婚』)が、モンドヴィでも同様なのである。

草稿本文において「最初の人間」という語があらわれるのはこの場面だけだが、「補遺」ではこの語は五か所において見出される。そのひとつの断章にはこう書かれている。「世界でもっとも古い歴史のなかで、私たちは最初の人間である――新聞で叫ばれているように凋落の人間ではなく、困難で茫漠たる黎明の人間なのだ」。最初の人間は黎明の人間であり、カミュは未来へと目を向けていた。

ジャック(最初の人間)の殺人

第二部は「息子あるいは最初の人間」と題され、父の探求に代わって息子の物語が語り始められるが、作者の不慮の事故死によって、それはジャックのリセでの生活が始まったところで中断する。思春期以降のジャックをカミュはどのように描こうとしていたのか、どのような体験が彼を待ち構えているのか、それは残されたプランや断章から推測するしかない。

『幸福な死』のメルソー以来、カミュは多くの殺人者を作品のなかに登場させてきた。『最初の人間』の補遺によれば、ジャックについても人を殺める場面が構想されていたことがわかる。「ジャックはそれまですべての犠牲者と連帯していると感じていたが、いまでは死刑執行人とも連帯していることを認めるのだ。彼の悲しみ。定義」。ここに見られる「犠牲者」および「死刑執行人」という語は、「犠牲者も否、死刑執行人も否」を想起させる。『ペスト』のタルーはこの世には「犠牲者」と「災禍」があると言い、殺人に加担したことを「恥ずかしく」思うが、それでも「潔白な殺人者」たりうることへの希望をまだ抱いていた。カミュはそれを『正義の人びと』において追求することになる。しかしながら、ジャックの場合は、犠牲者の側に付こうとしながらも死刑執行人の仲間であったことに気づいたあと、「悲しみ」だけが残るのである。

タルーは自分の告白のなかで、彼がどのように殺人にかかわるようになったかは明らかにしてはいない。しかし、ジャックについては、「ジャックは地下組織の編集室から逃亡するときに追っ手を殺す」と始まる別の断章が、それをかなり生々しく具体的に叙述している。地下組織の編集室は、カミュ自身がかかわっていた地下新聞『コンバ』を連想させる。これを先ほどの「犠牲者」と「死刑執行人」の断章と重ね合わせてみると、ジャックがレジスタンス活動のなかで身を守るために殺人を犯し、犠牲者の側から死刑執行人の側へと移行してしまうというストーリーが構想されていたと考えることができるだろう。

この二つの断章のほかに、あと二つ、今度はジャックの名前はあらわれないが、「最初の人間」と呼ばれる主人公が殺人を犯すことを示す断章がある。ひとつは民族間の抗争のなかで相手を殺してしまい、「あとになって、彼はそれを恥ずかしく思う。歴史とは血を流すことなのだ」と書かれている。もうひとつの断章では、「最初の人間。裏切り者」と呼ばれる「アルジェリア育ちのフランス人」が、「暴動のなかで、母を守るためにアラブ人を殺害する」。カミュの作品の主人公がアラブ人を殺害するのは、『異邦人』のムルソーに続いてこれが二人目である。だが、草稿本文の第一部第五章において、母の身に危険がおよぶ爆弾テロが起きたとき、ジャックは通りへ下りて、嫌疑をかけられたアラブ人を守る。フランス人とアラブ人の抗争の際に見せる主人公の行動に関して、本文と補遺とで異なった物語が準備されていた。

母の赦しと沈黙

『最初の人間』は、いくつかの点で聖書の物語をなぞっている。キリスト降誕を想起させるジャック誕生の場面。アダムの物語である最初の人間の主題。同じ土地に住む民族の抗争を暗示するカインによるアベルの殺人への言及。そして放蕩息子の帰宅。『誤解』に見られたように、この主題はカミュにとって親しいものであった。『最初の人間』の「補遺」には、一〇以上の終結部の断章が書きとめられており、そのうちのいくつかは「怪物のような男」である息子が母のもとに帰還して、赦しを乞うというものだ。「怪物」とは、自分の家族や故郷から去っていった男に向けられた呼称である。

「補遺」にはまた、母と息子の主題に関して、「一組の男女の物語」のプランが記されている。

私はここで、同じ血筋とあらゆる相違によって結ばれている一組の男女の話を書きたいと思う。彼女は大地がもたらす最良のものに似ており、彼のほうは平然として怪物のようである。彼はわれわれの歴史のあらゆる狂気の沙汰に身を投じ、彼女はまるでそれがあらゆる時代の歴史であるかのように同じ歴史を生き延びた。彼女は多くの場合、沈黙を保っており、自分の考えを述べるのに使えることばは数語だけだった。彼はたえずしゃべり続けるが、数千語を費やしても、彼女が沈黙のひとつだけで表現できることを得られないのだ……。母と息子。

息子は母親の沈黙の世界を去って、ことばと書物の世界へと、歴史へとかかわっていった。しかし、彼が学んだことばは、いくら多く費やしても母親の沈黙の高みにまで達することはない。

すでに冒頭において、この書物は文字を読めない母に献じられていた。「補遺」には次の一文がある。「もしこの本が最初から終わりまで母親に宛てて書かれたとすれば、理想的だ——そして最後になって初めて、彼女は文字を読むことができないことがわかるだろう——そうだ、それこそ理想的なのだが」。逆説的な表現で、カミュは自分の理想の書物のあり方を語っている。

ひとつの愛のかたち

カミュは愛の主題を扱う第三の系列を計画したが、残されたのは未完成の『最初の人間』だけである。ここで彼は愛を語るにふさわしい語調を探そうとしており、時には心情が直接ほとばしり出たかのような息の長い文章が続く。その構想が長い期間にわたって温められてきた小説は、著者自身の体験や夢想に養われて成長し、さまざまな場面、イメージ、思い出、感情に満ちており、比類ない豊かさを示している。ここには、家族の愛、故郷への愛、民族共存を可能にする愛などが素描されているが、未完のため断片にとどまっている。確かなのは、その中心には母の存在があることだろう。ジャックの誕生や聖体拝領の場面において暗示された母の聖性は、憎悪や対立を超越した彼女の位置を明らかにしている。また「補遺」には、アラブ人のサドックがジャックの母を指して、「このひとは私の母だ」という場面があるが、これは民族融和の象徴としての母を予感させるものである。

『最初の人間』においてカミュは「ひとつの愛のかたち」を語ろうとしていた。それは第一に母と息子の愛の物語だが、それだけにとどまらないことは、「補遺」の次の断章によって明らかである。「結局のところ、ぼくは自分が愛していた人たちのことを語るだろう。ただそれだけを。深い歓び」。カミュが愛していた人たちとは、母や家族、彼の父親代わりであった叔父や先生、友人たちであるだろう。さらには恋人たちもそこに含まれるだろう。「補遺」には、作家自身の私生活を彷彿とさせるような、苦しく熱烈な恋愛を語る断章がいくつも見られる。

そして、「ひとつの愛のかたち」は、さらに大きな射程をもつと思われる。この愛は彼が生まれ育った地区や町への、さらにアルジェリアへの愛へと広がっていくだろう。アルジェリア戦争が激化していくさなかに書かれた『最初の人間』は、カミュの故郷への愛が表明されるものとなるはずだった。その困難な愛は、この未完の残された草稿にはまだ十分にあらわれてはいない。しかし、アルジェリア戦争の初期に執筆された短編小説「客」(本書第四章第2節)において、カミュは自分の思いを、対立する二つの民族のあいだで引き裂かれ孤立する主人公のダリュに託していた。この小説は次のことばで終わっている。

ダリュは空を、高原を、さらにそのかなた、海までのびている目に見えぬ大地を眺めていた。これほど愛していたこの広い土地で、彼はひとりぼっちだった。

コラム　カミュと日本

日本語訳と「異邦人論争」

最初に日本語に翻訳、刊行されたカミュの作品は、『ペスト』（創元社）であり、日本が未だ連合国軍の占領下にあった一九五〇年のことであった。翌五一年には、『異邦人』『シジフォスの神話』『カリギュラ』『誤解』の翻訳が相次いで新潮社から刊行され、早くも「不条理」の系列の日本語訳が出そろう。これらは戦後の新思想として一躍脚光を浴び、とりわけ反響を呼んだのは、『新潮』五一年六月号に窪田啓作訳で発表された『異邦人』である。

社会のあらゆる約束事に無関心なムルソーは、すべての価値が崩壊した戦後の時代に共感をもって受け入れられると同時に、強い反発をも招いた。一九五一年六月一二―一四日、作家の広津（ひろつ）和郎（かずお）は「東京新聞」に、母親の埋葬に涙を流さず「太陽のせい」で殺人を犯すムルソーの不毛な精神からは何も生まれないと主張する批判を発表した。一か月後、七月二一―二三日、同じ「東京新聞」で若い評論家の中村光夫が反論し、「このような力を多少でも持つ作品」はまれであると述べて、両者のあいだで論争が展開された。これが戦後の文学史に名高い「異邦人論争」である。

一九五二年以降、「不条理」の系列以外の作品も続々と翻訳されて、新潮社から出版された。五二年『結婚』『戒厳令』、翌五三年『正義の人々』、そして『反抗的人間』の第一部「形而上的反抗」および『ドイツ人の友への手紙』(『不条理と反抗』人文書院、に収録)である。また五三年には、前年にフランス文壇を賑わせた「カミュ・サルトル論争」の具体的内容を成す四本の論文が、早くも日本語に訳されている(『革命か反抗か――カミュ・サルトル論争』新潮社)。以上からは、戦後にフランス文学・思想の旗手となったサルトルとカミュに対する、当時の日本人の関心の高さがうかがえる。その後もカミュ作品の翻訳は続き、五五年『夏』、五六年『反抗的人間』全訳、五七年『転落』『追放』(『追放と王国』)、五八年『ギロチン』(紀伊國屋書店)、そして同年未訳であった『裏と表』の翻訳を含めた全五巻の『カミュ著作集』が新潮社から刊行された。この時点で、「不条理」と「反抗」に大きく特徴づけられるカミュ作品の概要が日本にもたらされた。

一九六〇年のカミュの没後ほどなくして、フランスではプレイヤッド版全集全二巻が編集されたが、それに基づいて七二年から七三年にかけて、新潮社から全一〇巻の『カミュ全集』が刊行された。すべての小説、物語、戯曲、評論を収録するのみならず、翻案戯曲、講演、インタビュー、高等教育修了証論文を収めており、いくつかの時事論文だけが割愛された。プレイヤッド版全集以後に刊行された遺作『幸福な死』および『最初の人間』の翻訳は、それぞれ七二年、九六年に、また『手帖』第一巻から第三巻の翻訳は、それぞれ六二、六五、九二年に、新潮社から刊行された。

カミュに会った日本人

飛行機に乗るのを嫌ったカミュは、外国への旅行を控えていたので来日することはなかったが、彼が日本人に宛てて書いた手紙がある。講談社の文芸誌『群像』は一九五一年二月の特別号に、カミュの「手紙」(五〇年一〇月九日付)を掲載した。「日本人に寄す」として書かれた文章は、「現在の世界での名誉とは、沈黙して、そして創造することです。私は、日本の創造する人々に挨拶します。ただ、彼等だけに挨拶します」と結ばれている。

他方で、カミュから四通の個人的な手紙をもらったのは、フランス文学者の片岡美智である。彼女は一九三九年から戦後の五二年まで給費留学生としてフランスに滞在した。片岡の著書『人間　この複雑なもの』(一九五五年)のなかでは、四八年の春、「カミュが話をした内輪の小さい集りの終に、初めてカミュに会った」とその出会いを振り返り、「黒い瞳から放射する暖い光」が印象に残ったと記している。この出会いのあと、『ペスト』の翻訳の許可を求める彼女の手紙に対する返信として、片岡はカミュから四九年四月一七日付の最初の手紙を受けとった。

この翻訳は結局彼女の手に任されることはなかったが、その後、パリ滞在中に二通、帰国後に一通の手紙がカミュから彼女に寄せられた。この四通は、『カミュ研究 Études camusiennes』第一号(日本カミュ研究会、一九九四年)において公開された。

朝日新聞特派員の小島亮一は、パリでカミュに直接会ってインタビューをおこなった。一九五二年一月一五日の「朝日新聞」はこの会見記事を掲載している。前年日本では上述の「異邦人論争」が大きな話題となり、小島はガリマール社のカミュの部屋を訪れて、あらかじめ概要を送っておいたこの論争に対するカミュの意見を求めたのであった。カミュは、フランスでも同様の論争がおこなわれており、とくに中村光夫がムルソーのなかに「息苦しいほどの真実性」を見たのはうれしいことだと述べる。「ムールソオの場合は、言わばキリストの場合と同じだと思います。ムールソオは市井の一官吏で、キリストのように理想も説かず奇跡も施さないが、しかし自分に正直で、そのためあえて一切の行為を説明せず、社会の名において殺害されたということにおいては同じことです。つまりムールソオはわれわれがなりうるキリストの姿とも言えましょう」。この最後のことばは、三年後の五五年に書かれ、五八年に発表された『異邦人』の「アメリカ大学版への序文」の謎を解き明かすものだろう。そこでカミュは、「私の作中人物のなかに、われわれに値する唯一のキリストを描こうと試みたのだ、私はやはり逆説的に、そんなふうに言ってみたこともある」と書いている。だがいつ、どこで「そう言った」のか。ここで彼は、三年前の日本の新聞記者との会見を想起していたのではないだろうか。『シーシュポスの神話』の最後で、カミュは「シーシュポスは幸福なのだと思わねばならない」と宣言した。同じような反復の意志力を賞揚するためにシーシュポスを例に引いた日本の哲学者がいる。

シーシュポスと九鬼周造

九鬼周造（くきしゅうぞう）（一八八八―一九四一）は、東京帝国大学で哲学を修めたあと、一九二一年から七年間にわたってヨーロッパに留学した。二八年八月、帰国直前、彼はフランス、ブルゴーニュ地方のポンティニーで二つの講演をおこない、それらは『時間論』（« Propos sur le temps »）の表題のもとに同年フィリップ・ルヌアール社から出版された。ここで九鬼は、まず「東洋の時間」を語るにあたっては「回帰的時間」が重要であるとして、そこからの解脱がいかにして可能かと問う。彼は二つの対処方法を紹介する。ひとつは仏教の「涅槃」であり「寂滅」である。そして、もうひとつ、九鬼が強調するのが日本固有の「武士道」であり、その精神を象徴的に示すものとしてシーシュポスを取り上げる。「彼が岩塊を頂上近くまで押し上げると、岩はふたたび落ちる。そして彼は永遠に繰り返す。〔……〕つねに岩塊を押し上げようとする確固たる意志は、この繰り返しそのものの中に全道徳を、それゆえ彼の全幸福を見出すのだ。シーシュポスは不満足を永遠に繰り返すことができるのだから幸福であるに違いない」。

カミュは、一九二八年に出版された九鬼の論文を知っていたのだろうか。哲学者のジャン・ギトンが、三三年に著した『プロティノスと聖アウグスティヌスにおける時間と永遠』の注で九鬼の著書を紹介している。カミュは三六年に書いた高等教育修了証論文『キリスト教形而上学とネオプラトニズム』で、ギトンの本を一箇所で引用するとともに、巻末の参考文献リストにも挙げており、彼がギトンの本により九鬼の論文の存在を知ったと推測できる。だが彼はほんとうにそれを読む機会があったのだろうか。

現在、アルベール・カミュ関連の草稿および文献資料はエクス＝アン＝プロヴァンスのメジャーヌ図書館にあり、また個人的な蔵書リストは娘のカトリーヌ・カミュ氏の管理下にあるが、それらのなかに九鬼に関するものは存在しない。アルジェリア国立図書館およびアルジェ大学図書館にも九鬼周造の著書は所蔵されていない。ただ、アルジェ大学図書館はアルジェリア独立の直後、一九六二年、火災によって大半の蔵書を失っており、そこに九鬼の本が含まれていた可能性は否定できない。さらに、もうひとつ考えられるのは、カミュの論文の指導教授であったルネ・ポワリエあるいはジャン・グルニエが九鬼の本をカミュに貸し与えたという仮説だが、現時点では不明である。

おわりに

二〇一一年三月一一日午後二時四六分、東北地方を震災が襲ったとき、私は被災地から遠く離れた奈良にいた。八時間後の午後一〇時、フランスから最初のメールが届いた。国際カミュ学会会長アニェス・スピケルさんからの安否の問い合わせだった。これを皮切りに、欧米各国にいる理事会のメンバーたちから発信されたメールが次々と受信トレイに飛び込んできた。だれもが、日本カミュ研究会の会員の身を案じていた。

震災直後、私の頭に浮かんだのは、カミュが小説『ペスト』において描いた伝染病との闘いだった。この物語のなかで、医師リユーをはじめとする保健隊のメンバー、そしてオランの市民たちは、果てしなく続く敗北であるような困難な闘いを余儀なくされる。カミュ研究会の会員の無事を確認したあと、国際カミュ学会の理事会宛てにメールを送ったとき、私はこの非常時にあって『ペスト』のなかの一節を思い出すと書き添えた。災禍のなかで医師リユーが発するせりふ、「いちばん大切なことは自分の職務をよく果たすことだ」である。

震災とそれに続く未曽有の大惨事は、日本人がカミュの『ペスト』を再発見する機会ともなった。作家、ジャーナリスト、評論家が、そしてインターネットの個人のブログでも幾人もの人びとが、カミュの小説について語った。だれもが『ペスト』を日本の現状と重ね合わせて読み、それがただ単に第二次大戦のレジスタンスを疫病との闘いに読み替えたアレゴリー小説であるだけでなく、より広く深く、人類を襲う不条理な暴力との闘いの物語であることに気がついたのだ。私がフランスの哲学雑誌『フィロゾフィ・マガジン』の求めに応じて書いた「フクシマの『ペスト』」が二〇一一年四月に発表されると、大きな反響を呼んだ。この日本からのメッセージに対してスピケルさんは、フランス人たちも『ペスト』という作品のもつ力を再認識したと伝えてきた。

それから九年後、カミュの『ペスト』は、世界中で再読されることになる。フランスの週刊誌『ロプス』は、二〇二〇年三月、「フランスのもっとも知られた作家の小説がコロナウィルスと同じ速さで世界中を駆けめぐった」と伝えた。世界各国で発表された新聞や雑誌の記事は、一九四七年に出版された小説を再読することが、今日の状況を理解するために有効であると述べた。適切な対策を講じることができない政府のあわてふためきようから医療者の勇気ある献身的行動まで、自分たちがいま体験している一つひとつが、すでに小説のなかに描かれている。まさに現実のほうが、フィクションを模倣しているように思われたのだ。

新聞社からの取材を受けて、私もこう語った。「小説ではオラン市だけに伝染がとどまるが」今や「世界中で『ペスト』が再現されつつあり、インターナショナルな時代に特有の不安を物語っている」(「毎日新聞」二〇二〇年三月二日夕刊)。この小説が「時代を超え読み継がれているのは、ペストをあらゆる不条理の象徴としてカミュが意図的に描いたから」であり、「時代ごとにふさわしい読み方ができる」(「朝日新聞」同年七月一五日夕刊)。

カミュはつねに、それぞれの時代が抱える課題のなかで読み継がれてきた。『アルベール・カミュ事典』(ロベール・ラフォン社、二〇〇九年)の序文はこのように始まる。「アルベール・カミュは二〇世紀のフランス人作家のなかで、世界的にもっとも広く読まれている」。フランスにおいても諸外国においても、『異邦人』はもちろん、『ペスト』も『転落』も多くの読者を獲得し続けた。そして一九九四年からは、遺作『最初の人間』がそこに加わった。二〇一七年発表の統計では、翻訳を含まないカミュの著作のこれまでの売上総数は二四〇〇万部であり、『異邦人』のポケット・ブック版は六七〇万部に達している。さらに『異邦人』は、フランスでおこなわれる「人生を変えた一冊」「二〇世紀の本ベストテン」などのアンケートでは一位もしくは上位にランクされることがつねとなっており、世界中の高校や大学においてフランス語を学ぶ若者たちが最初に接する文学作品にもなっている。また翻訳された言語は、『異邦人』七五、『ペスト』五九、『カリギュラ』五五、『正義の人びと』四六、『転落』四五で、『異邦人』は二五〇という圧倒的数字の『星の王子さま』に次ぐ二位であり、また『カリギュラ』は二〇世紀の戯曲ではサミュエル・ベケット(一九〇六―一九八九)の『ゴドーを待ちながら』(一九五二年)の五八に次ぐ数字である。

カミュは生前から、そして死後も一貫して、一般読者から見放されることが一度もなかった作家である。ただ、フランスの知識人のあいだでは低い評価がしばらく続いた。それが今日ではくつがえされて、哲学者のアラン・フィンケルクロートは、カミュの「遅ればせの完全な勝利」と述べている。一九八九年ベルリンの壁の崩壊は、左翼全体主義を批判したカミュの立場の正しさを立証し、九〇年代から続いたアルジェリアのテロは、テロリズムについての考察を続けたカミュを再発見する機会をもたらした。死後五〇年の二〇一〇年、生誕一〇〇年の二〇一三年、そして死後六〇年の二〇二〇年、フランスの雑誌、テレビ、ラジオはこぞってカミュを取り上げた。

今日、フランスにおいては、あらゆる場所でカミュが引き合いに出される。小説家、哲学者、ジャーナリスト、演劇人、評論家としてのカミュ。社会民主主義者、無政府主義者、モラリスト、レアリストとしてのカミュ。そしてテロを批判し続けたカミュ。二〇二〇年一〇月、イスラム過激派によって殺された教師サミュエル・パティの国葬がパリでおこなわれたとき、教え子が亡き恩師に捧げる謝辞として、カミュがノーベル賞受賞時にジェルマン先生に宛てた手紙を読み上げたことは記憶に新しい。他方で、政治的戦略からカミュの威光を利用しようとする動きもあとをたたない。〇九年、当時のサルコジ大統領はルールマランの墓地にあるカミュの遺骨を国家の偉人を祀るパンテオンに移すことを考えたが、南仏の地を愛したカミュの意向に反するものであるとの強い反対を受けて断念した。また一七年、フランスの大統領選挙では、勝利したマクロンを含めて、左派から右派まで候補者のだれもがカミュのことばを引用して、その権威に頼ろうとした。

アルジェリアにおいても状況が変化した。一九六二年の独立後、長いあいだカミュの名前は忌避されていたが、八七年以降テロと弾圧が日常的になり、九一年にアルジェリア内戦の時代に入ったころから、『正義の人びと』や『反抗的人間』などに見られるテロリズムについての考察や全体主義に対する批判が注目されるようになり、さらに一九九四年の『最初の人間』の刊行により、カミュをフランス語で書いたアルジェリアの作家であるとする見方が広まっていった。カメル・ダーウド、マイサ・ベイ、ブアレム・サンサルなど、アルジェリアの後続世代の作家のなかには、カミュを自分たちの偉大な先達であると見る者もあらわれている。

カミュは時代の趨勢に流されない明晰な目をもっていた。超越的な価値に依存することなく、この世界に生きることを愛し、人間の次元に立って不条理に反抗し、成功の確信や救済の約束がないとしても人間が自分の職務を果たすのを受け入れること――それが彼のメッセージであった。その現代性はいまも失われていない。

*

「アルベール・カミュ――生きることへの愛」は、新書の表題となる前に、まずは国際学会のテーマであった。二〇一九年春、東京のカフェで、獨協大学教授のフィリップ・ヴァネさん(現名誉教授)と、カミュ没後六〇年を記念した学会の計画を相談したとき、私から提案したのがこのテーマであった。獨協大学主催、日本カミュ研究会共催による第三二回獨協インターナショナル・フォーラム「Albert CAMUS: L'amour de vivre アルベール・カミュ：生きることへの愛」は、コロナ禍の影響で開催が一年遅れ、二〇二一年一二月にオンラインで実施することになった。海外からも六名の参加者を得て開催された学会の記録は、日本カミュ研究会が発行する研究誌『カミュ研究 Études camusiennes』第一五号（二〇二二年五月）に全文フランス語で掲載され、二〇二三年六月からは J-Stage でも公開されている（https://www.jstage.jst.go.jp/browse/ecsj/15/0/_contents/-char/ja）。新書の副題として「生きることへの愛」を採用することを決定したのは最終稿の段階であったが、ここ数年、私のカミュについての考察はこの主題をめぐってなされてきた。

カミュについての本はこれが最後との思いで、『カミュを読む――評伝と全作品』（大修館書店）を上梓したのは二〇一六年であった。二〇二〇年四月になって、岩波書店の杉田守康さんからたいへん丁重な手紙をいただき、「前著の成果をふまえつつ、新書の幅広い読者に改めて書き下ろして」欲しいとの依頼を受けた。ただこれが機縁となって、ちょうど訳稿をほぼ完成させていた『ペスト』を岩波文庫で出す企画が認められたため、新書の仕事はあとまわしになった。

執筆に取りかかったのは、二〇二一年四月に『ペスト』が刊行されてからだが、「書き下ろす」には時間を要した。種々の資料を読みなおし、原稿を幾度も書き改めた。私にとっては、個々の作品論や主題別の論攷を執筆するのではなく、カミュの全体像をどのように提示するのかについて考える良い機会となった。この間、忍耐強く伴走していただいた杉田さんに厚くお礼申し上げたい。

二〇二四年七月

三野博司

岩波新書より

宗教

岩波新書より

教育

書名	著者
ジョン・デューイ	上野正道
大学は何処へ 未来への設計	吉見俊哉
教育は何を評価してきたのか	本田由紀
小学校英語のジレンマ	寺沢拓敬
アクティブ・ラーニングとは何か	渡部淳
保育の自由	近藤幹生
異才、発見！	伊藤史織
パブリック・スクール	新井潤美
新しい学力	齋藤孝
学びとは何か	今井むつみ
考え方の教室◆	齋藤孝
学校の戦後史	木村元
保育とは何か	近藤幹生
中学受験	横田増生
いじめ問題をどう克服するか	尾木直樹
教育委員会◆	新藤宗幸
先生！	池上彰編
教師が育つ条件	今津孝次郎
大学とは何か	吉見俊哉
赤ちゃんの不思議	開一夫
日本の教育格差	橘木俊詔
子どもが育つ条件	柏木惠子
誰のための「教育再生」か	藤田英典編
教育力	齋藤孝
思春期の危機をどう見るか	尾木直樹
幼児期	岡本夏木
子どもの危機をどう見るか◆	尾木直樹
子どもの社会力	門脇厚司
現代社会と教育	堀尾輝久
子どもと学校	河合隼雄
教育とは何か	大田堯
からだ・演劇・教育	竹内敏晴
教育入門	堀尾輝久
子どもの宇宙	河合隼雄
ことばと発達	岡本夏木
子どもとことば	岡本夏木
自由と規律	池田潔
私は赤ちゃん	松田道雄

(2024.8)　◆は品切，電子書籍版あり．(M)

随筆

岩波新書より

過労自殺〔第二版〕◆ 川人博
金沢を歩く 山出保
ドキュメント 豪雨災害 稲泉連
ひとり親家庭 赤石千衣子
女のからだ フェミニズム以後◆ 荻野美穂
〈老いがい〉の時代◆ 天野正子
子どもの貧困 II 阿部彩
性と法律 角田由紀子
ヘイト・スピーチとは何か◆ 師岡康子
生活保護から考える◆ 稲葉剛
かつお節と日本人 宮内泰介・藤林泰
家事労働ハラスメント 竹信三恵子
福島原発事故 県民健康管理調査の闇◆ 日野行介
電気料金はなぜ上がるのか◆ 朝日新聞経済部
おとなが育つ条件 柏木惠子
在日外国人〔第三版〕 田中宏
まち再生の術語集 延藤安弘
震災日録 記憶を記録する◆ 森まゆみ

原発をつくらせない人びと 山秋真
社会人の生き方◆ 暉峻淑子
構造災 科学技術社会に潜む危機 松本三和夫
家族という意志◆ 芹沢俊介
夢よりも深い覚醒へ◆ 大澤真幸
3・11 複合被災◆ 外岡秀俊
子どもの声を社会へ 桜井智恵子
就職とは何か◆ 森岡孝二
日本のデザイン 原研哉
ポジティヴ・アクション 辻村みよ子
脱原子力社会へ◆ 長谷川公一
希望は絶望のど真ん中に むのたけじ
アスベスト 広がる被害 大島秀利
原発を終わらせる 石橋克彦編
日本の食糧が危ない 中村靖彦
希望のつくり方 玄田有史
生き方の不平等◆ 白波瀬佐和子
同性愛と異性愛 風間孝・河口和也
新しい労働社会 濱口桂一郎

世代間連帯 上野千鶴子・辻元清美
子どもの貧困 阿部彩
子どもへの性的虐待◆ 森田ゆり
反貧困 湯浅誠
不可能性の時代 大澤真幸
地域の力 大江正章
少子社会日本 山田昌弘
「悩み」の正体 香山リカ
変えてゆく勇気◆ 上川あや
戦争で死ぬ、ということ 島本慈子
ルポ 改憲潮流 斎藤貴男
社会学入門 見田宗介
少年事件に取り組む 藤原正範
悪役レスラーは笑う◆ 森達也
いまどきの「常識」◆ 香山リカ
働きすぎの時代◆ 森岡孝二
桜が創った「日本」 佐藤俊樹
生きる意味 上田紀行
社会起業家◆ 斎藤槙

岩波新書より

- バブル経済事件の深層　奥山俊宏／村山治
- 日本をどのような国にするか　丹羽宇一郎
- なぜ働き続けられない？ 社会と自分の力学　鹿嶋敬
- 物流危機は終わらない　首藤若菜
- 認知症フレンドリー社会　徳田雄人
- アナキズム 一丸となってバラバラに生きろ　栗原康
- 総介護社会　小竹雅子
- 賢い患者　山口育子
- 住まいで「老活」　安楽玲子
- 現代社会はどこに向かうか　見田宗介
- EVと自動運転 クルマをどう変えるか　鶴原吉郎
- ルポ 保育格差◆　小林美希
- 棋士とAI　王銘琬
- 科学者と軍事研究　池内了
- 原子力規制委員会　新藤宗幸
- 東電原発裁判　添田孝史
- 日本問答　田中優子／松岡正剛

- 日本の無戸籍者　井戸まさえ
- 〈ひとり死〉時代のお葬式とお墓　小谷みどり
- 町を住みこなす　大月敏雄
- 歩く、見る、聞く 人びとの自然再生　宮内泰介
- 対話する社会へ　暉峻淑子
- 悩みいろいろ　金子勝
- 魚と日本人 食と職の経済学　濱田武士
- ルポ 貧困女子　飯島裕子
- 鳥獣害 動物たちと、どう向きあうか　祖田修
- 科学者と戦争　池内了
- 新しい幸福論　橘木俊詔
- ブラックバイト 学生が危ない　今野晴貴
- ルポ 母子避難　吉田千亜
- 日本病 長期衰退のダイナミクス◆　金子勝／児玉龍彦
- 雇用身分社会　森岡孝二
- 生命保険とのつき合い方◆　出口治明
- ルポ にっぽんのごみ　杉本裕明

- 鈴木さんにも分かるネットの未来　川上量生
- 地域に希望あり◆　大江正章
- 世論調査とは何だろうか◆　岩本裕
- フォト・ストーリー 沖縄の70年　石川文洋
- ルポ 保育崩壊　小林美希
- 多数決を疑う 社会的選択理論とは何か　坂井豊貴
- アホウドリを追った日本人　平岡昭利
- 朝鮮と日本に生きる　金時鐘
- 被災弱者　岡田広行
- 農山村は消滅しない　小田切徳美
- 復興〈災害〉　塩崎賢明
- 「働くこと」を問い直す　山崎憲
- 原発と大津波 警告を葬った人々　添田孝史
- 縮小都市の挑戦◆　矢作弘
- 福島原発事故 被災者支援政策の欺瞞◆　日野行介
- 日本の年金◆　駒村康平
- 食と農でつなぐ 福島から◆　塩谷弘康／岩崎由美子

社会

現代世界

- トルコ 建国一〇〇年の自画像 — 内藤正典
- サピエンス減少 — 原俊彦
- ウクライナ戦争をどう終わらせるか — 東大作
- ルポ アメリカの核戦力 — 渡辺丘
- ミャンマー現代史 — 中西嘉宏
- アメリカとは何か 自画像と世界観をめぐる相剋 — 渡辺靖
- タリバン台頭 — 青木健太
- ネルソン・マンデラ — 堀内隆行
- 日韓関係史 — 木宮正史
- 文在寅時代の韓国 — 文京洙
- アメリカ大統領選 — 久保文明・金成隆一
- イスラームからヨーロッパをみる — 内藤正典
- アメリカの制裁外交 — 杉田弘毅
- ルポ トランプ王国2 — 金成隆一
- 2100年の世界地図 アフラシアの時代 — 峯陽一
- フォト・ドキュメンタリー 朝鮮に渡った「日本人妻」 — 林典子
- サイバーセキュリティ◆ — 谷脇康彦
- トランプのアメリカに住む — 吉見俊哉
- ライシテから読む現代フランス — 伊達聖伸
- ベルルスコーニの時代 — 村上信一郎
- イスラーム主義 — 末近浩太
- ルポ 不法移民 アメリカ国境を越えた男たち — 田中研之輔
- 習近平の中国 百年の夢と現実 — 林望
- 日中漂流 — 毛里和子
- 中国のフロンティア — 川島真
- シリア情勢 — 青山弘之
- ルポ トランプ王国 — 金成隆一
- ルポ 難民追跡 バルカンルートを行く — 坂口裕彦
- アメリカ政治の壁 — 渡辺将人
- プーチンとG8の終焉◆ — 佐藤親賢
- 香港 中国と向き合う自由都市 — 倉田徹・張彧暋
- 〈文化〉を捉え直す — 渡辺靖
- イスラーム圏で働く — 桜井啓子編
- 中南海 知られざる中国の中枢◆ — 稲垣清
- フォト・ドキュメンタリー 人間の尊厳 — 林典子
- ㈱貧困大国アメリカ — 堤未果
- 女たちの韓流 — 山下英愛
- 中国の市民社会◆ — 李妍焱
- 勝てないアメリカ◆ — 大治朋子
- ブラジル 跳躍の軌跡 — 堀坂浩太郎
- 非アメリカを生きる◆ — 室謙二
- ジプシーを訪ねて — 関口義人
- 中国エネルギー事情 — 郭四志
- アメリカン・デモクラシーの逆説 — 渡辺靖
- ルポ 貧困大国アメリカII — 堤未果
- 平和構築 — 東大作
- イスラエル — 臼杵陽
- アフリカ・レポート — 松本仁一
- ヴェトナム新時代 — 坪井善明
- ルポ 貧困大国アメリカ — 堤未果

世界史

- 魔女狩りのヨーロッパ史　池上俊一
- ジェンダー史10講　姫岡とし子
- 暴力とポピュリズムのアメリカ史　中野博文
- 感染症の歴史学　飯島渉
- ヨーロッパ史 拡大と統合の力学　大月康弘
- アマゾン五〇〇年　丸山浩明
- ハイチ革命の世界史　浜忠雄
- 軍と兵士のローマ帝国　井上文則
- 西洋書物史への扉　髙宮利行
- 「音楽の都」ウィーンの誕生　ジェラルド・グローマー
- マルクス・アウレリウス『自省録』のローマ帝国　南川高志
- 古代ギリシアの民主政　橋場弦
- 曾国藩 「英雄」と中国史　岡本隆司
- 人種主義の歴史　平野千果子
- スポーツからみる東アジア史　高嶋航

- スペイン史10講　立石博高
- ヒトラー　芝健介
- ユーゴスラヴィア現代史〔新版〕　柴宜弘
- 東南アジア史10講　古田元夫
- チャリティの帝国　金澤周作
- 太平天国　菊池秀明
- ドイツ統一　アンドレアス・レダー　板橋拓己訳
- 人口の中国史　上田信
- カエサル　小池和子
- 世界遺産　中村俊介
- 奴隷船の世界史　布留川正博
- 独ソ戦 絶滅戦争の惨禍　大木毅
- イタリア史10講　北村暁夫
- フランス現代史　小田中直樹
- 移民国家アメリカの歴史　貴堂嘉之
- フィレンツェ　池上俊一
- マーティン・ルーサー・キング　黒﨑真
- ナポレオン　杉本淑彦

- ガンディー 平和を紡ぐ人　竹中千春
- イギリス現代史　長谷川貴彦
- ロシア革命 破局の8か月　池田嘉郎
- 天下と天朝の中国史　檀上寛
- 孫文　深町英夫
- 古代東アジアの女帝　入江曜子
- 新・韓国現代史　文京洙
- ガリレオ裁判　田中一郎
- 人間・始皇帝　鶴間和幸
- 袁世凱　岡本隆司
- 二〇世紀の歴史　木畑洋一
- イギリス史10講　近藤和彦
- 植民地朝鮮と日本　趙景達
- シルクロードの古代都市　加藤九祚
- 中華人民共和国史〔新版〕　天児慧
- 物語 朝鮮王朝の滅亡◆　金重明
- 新・ローマ帝国衰亡史　南川高志
- 近代朝鮮と日本　趙景達
- マヤ文明　青山和夫

岩波新書より

芸術

ひらがなの世界　石川九楊
ピアノトリオ　マイク・モラスキー
文化財の未来図　村上隆
日本の建築　隈研吾
キリストと性　岡田温司
カラー版 名画を見る眼II　高階秀爾
カラー版 名画を見る眼I　高階秀爾
占領期カラー写真を読む　佐藤洋一　衣川太一
水墨画入門　島尾新
酒井抱一 俳諧と絵画の織りなす抒情　井田太郎
平成の藝談 歌舞伎の真髄にふれる　犬丸治
K-POP 新感覚のメディア　金成玫
ベラスケス 宮廷のなかの革命者　大髙保二郎
ヴェネツィア 美の都の一千年　宮下規久朗
丹下健三 戦後日本の構想者　豊川斎赫
学校で教えてくれない音楽◆　大友良英
中国絵画入門　宇佐美文理
瞽女うた　ジェラルド・グローマー
東北を聴く　佐々木幹郎
ボブ・ディラン ロックの精霊　湯浅学
柳宗悦◆　中見真理
ヘタウマ文化論　山藤章二
小さな建築　隈研吾
コルトレーン ジャズの殉教者　藤岡靖洋
雅楽を聴く　寺内直子
歌謡曲◆　高護
歌舞伎の愉しみ方　山川静夫
自然な建築　隈研吾
東京遺産　森まゆみ
絵のある人生　安野光雅
日本の色を染める　吉岡幸雄
プラハを歩く　田中充子
ポピュラー音楽の世紀　中村とうよう
ぼくのマンガ人生　手塚治虫
芸術のパトロンたち　高階秀爾
ゲルニカ物語　荒井信一
千利休 無言の前衛　赤瀬川原平
やきもの文化史　三杉隆敏
歌右衛門の六十年　中村歌右衛門　山川静夫
明治大正の民衆娯楽　倉田喜弘
茶の文化史　村井康彦
日本の子どもの歌　園部三郎　山住正己
二十世紀の音楽◆　吉田秀和
絵を描く子供たち　北川民次
ギリシアの美術　澤柳大五郎
音楽の基礎　芥川也寸志
日本刀　本間順治
日本美の再発見〔増補改訳版〕　ブルーノ・タウト　篠田英雄訳
ミケルアンヂェロ　羽仁五郎

(2024.8)　◆は品切，電子書籍版あり．(R)

哲学・思想

社会学の新地平　佐藤俊樹
言語哲学がはじまる　野矢茂樹
アリストテレスの哲学　中畑正志
スピノザ　國分功一郎
哲人たちの人生談義 ストア哲学をよむ　國方栄二
西田幾多郎の哲学　小坂国継
死者と霊性　末木文美士編
道教思想10講　神塚淑子
マックス・ヴェーバー　今野元
新実存主義　マルクス・ガブリエル 廣瀬覚訳
日本思想史　末木文美士
ミシェル・フーコー　慎改康之
ヴァルター・ベンヤミン　柿木伸之
モンテーニュ 人生を旅するための7章　宮下志朗
マキァヴェッリ　鹿子生浩輝
世界史の実験　柄谷行人
ルイ・アルチュセール　市田良彦
異端の時代　森本あんり
ジョン・ロック　加藤節
インド哲学10講　赤松明彦
マルクス 資本論の哲学　熊野純彦
日本文化をよむ 5つのキーワード◆　藤田正勝
中国近代の思想文化史　坂元ひろ子
憲法の無意識　柄谷行人
ホッブズ リヴァイアサンの哲学者　田中浩
プラトンとの哲学 対話篇をよむ◆　納富信留
〈運ぶヒト〉の人類学　川田順造
哲学の使い方　鷲田清一
ヘーゲルとその時代　権左武志
人類哲学序説　梅原猛
加藤周一　海老坂武
哲学のヒント◆　藤田正勝
空海と日本思想◆　篠原資明
論語入門　井波律子
トクヴィル 現代へのまなざし　富永茂樹
和辻哲郎　熊野純彦
宮本武蔵　魚住孝至
丸山眞男　苅部直
西洋哲学史 近代から現代へ　熊野純彦
西洋哲学史 古代から中世へ　熊野純彦
世界共和国へ　柄谷行人
悪について　中島義道
神、この人間的なもの◆　なだいなだ
プラトンの哲学　藤沢令夫
術語集Ⅱ　中村雄二郎
マックス・ヴェーバー入門　山之内靖
ハイデガーの思想　木田元
臨床の知とは何か　中村雄二郎
新哲学入門◆　廣松渉
「文明論之概略」を読む 上・中・下　丸山真男
術語集　中村雄二郎

岩波新書より

文学

頼山陽　揖斐高
百人一首　田渕句美子
文学が裁く戦争　金ヨンロン
シンデレラはどこへ行ったのか　廣野由美子
文学は地球を想像する　結城正美
川端康成　孤独を駆ける　十重田裕一
いちにち、古典　〈とき〉をめぐる日本文学誌　田中貴子
芭蕉のあそび　深沢眞二
森鷗外　学芸の散歩者　中島国彦
万葉集に出会う　大谷雅夫
大岡信　架橋する詩人　大井浩一
源氏物語を読む　高木和子
『失われた時を求めて』への招待　吉川一義
三島由紀夫　悲劇への欲動　佐藤秀明
有島武郎　荒木優太

ジョージ・オーウェル　川端康雄
大岡信『折々のうた』選　詩と歌謡　蜂飼耳編
大岡信『折々のうた』選　短歌(一)・(二)　水原紫苑編
大岡信『折々のうた』選　俳句(一)・(二)　長谷川櫂編
日曜俳句入門　吉竹純
短篇小説講義〔増補版〕　筒井康隆
日本の同時代小説　斎藤美奈子
中原中也　沈黙の音楽　佐々木幹郎
戦争をよむ　70冊の小説案内　中川成美
夏目漱石と西田幾多郎　小林敏明
『レ・ミゼラブル』の世界　西永良成
北原白秋　言葉の魔術師　今野真二
漱石のこころ　赤木昭夫
夏目漱石　十川信介
村上春樹は、むずかしい◆　加藤典洋
「私」をつくる　近代小説の試み　安藤宏

現代秀歌　永田和宏
言葉と歩く日記　多和田葉子
近代秀歌　永田和宏
古典力　齋藤孝
老いの歌　小高賢
魯迅◆　藤井省三
ラテンアメリカ十大小説　木村榮一
正岡子規　言葉と生きる　坪内稔典
和歌とは何か　渡部泰明
いくさ物語の世界　日下力
漱石　母に愛されなかった子　三浦雅士
アラビアンナイト　西尾哲夫
小説の読み書き　佐藤正午
季語集◆　坪内稔典
森鷗外　文化の翻訳者　長島要一
英語でよむ万葉集◆　リービ英雄
源氏物語の世界　日向一雅
読書力　齋藤孝

岩波新書新赤版一〇〇〇点に際して

ひとつの時代が終わったと言われて久しい。だが、その先にいかなる時代を展望するのか、私たちはその輪郭すら描きえていない。二〇世紀から持ち越した課題の多くは、未だ解決の緒を見つけることのできないままであり、二一世紀が新たに招きよせた問題も少なくない。グローバル資本主義の浸透、憎悪の連鎖、暴力の応酬――世界は混沌として深い不安の只中にある。

現代社会においては変化が常態となり、速さと新しさに絶対的な価値が与えられた。消費社会の深化と情報技術の革命は、種々の境界を無くし、人々の生活やコミュニケーションの様式を根底から変容させてきた。ライフスタイルは多様化し、一面では個人の生き方をそれぞれが選びとる時代が始まっている。同時に、新たな格差が生まれ、様々な次元での亀裂や分断が深まっている。社会や歴史に対する意識が揺らぎ、普遍的な理念に対する根本的な懐疑や、現実を変えることへの無力感がひそかに根を張りつつある。そして生きることに誰もが困難を覚える時代が到来している。

しかし、日常生活のそれぞれの場で、自由と民主主義を獲得し実践することを通じて、私たち自身がそうした閉塞を乗り超え、希望の時代の幕開けを告げてゆくことは不可能ではあるまい。そのために、いま求められていること――それは、個と個の間で開かれた対話を積み重ねながら、人間らしく生きることの条件について一人ひとりが粘り強く思考することではないか。その営みの糧となるものが、教養に外ならないと私たちは考える。歴史とは何か、よく生きるとはいかなることか、世界そして人間はどこへ向かうべきなのか――こうした根源的な問いとの格闘が、文化と知の厚みを作り出し、個人と社会を支える基盤としての教養となった。まさにそのような教養への道案内こそ、岩波新書が創刊以来、追求してきたことである。

岩波新書は、日中戦争下の一九三八年一一月に赤版として創刊された。創刊の辞は、道義の精神に則らない日本の行動を憂慮し、批判的精神と良心的行動の欠如を戒めつつ、現代人の現代的教養を刊行の目的とする、と謳っている。以後、青版、黄版、新赤版と装いを改めながら、合計二五〇〇点余りを世に問うてきた。そして、いままた新赤版が一〇〇〇点を迎えたのを機に、人間の理性と良心への信頼を再確認し、それに裏打ちされた文化を培っていく決意を込めて、新しい装丁のもとに再出発したいと思う。一冊一冊から吹き出す新風が一人でも多くの読者の許に届くこと、そして希望ある時代への想像力を豊かにかき立てることを切に願う。

（二〇〇六年四月）

三野博司

1949年，京都市生まれ．京都大学卒業．クレルモン＝フェラン大学文学博士．
現在―奈良女子大学名誉教授，国際カミュ学会副会長，日本カミュ研究会会長．
著書―*Le Silence dans l'œuvre d'Albert Camus* (José Corti)
『新・リュミエール フランス文法参考書』(森本英夫と共著，駿河台出版社)
『カミュ『異邦人』を読む――その謎と魅力』(彩流社)
『「星の王子さま」事典』(大修館書店)
『カミュを読む――評伝と全作品』(大修館書店)

アルベール・カミュ ―生きることへの愛

岩波新書(新赤版)2035

2024年9月20日　第1刷発行

著　者　三野博司(みのひろし)

発行者　坂本政謙

発行所　株式会社 岩波書店
〒101-8002 東京都千代田区一ツ橋 2-5-5
案内 03-5210-4000　営業部 03-5210-4111
https://www.iwanami.co.jp/

新書編集部 03-5210-4054
https://www.iwanami.co.jp/sin/

印刷・三陽社　カバー・半七印刷　製本・中永製本

ISBN 978-4-00-432035-7　Printed in Japan

カミュ略年譜

1913 年

11 月 7 日，ワイン仲買会社に勤めるリュシアン・カミュと，カトリーヌ・サンテスの次男として，フランス領アルジェリアのモンドヴィ(現ドレアン)に生まれる．父はフランスのボルドーからの移民三世，母はスペイン人の家系の出であった．

1914 年(1 歳)

第一次世界大戦が勃発し，8 月，リュシアンはフランス本国に動員される．カトリーヌは，二人の子どもを連れて，アルジェのリヨン通り 17 番地に住む母のもとに身を寄せる．リュシアンはマルヌの会戦で負傷し，10 月 11 日，ブルターニュ地方のサン＝ブリユーにある軍人病院で死亡．

1921 年(8 歳)

カミュ一家は，アルジェの下町ベルクール地区の中心，リヨン通り 93 番地に転居する．母，祖母，兄リュシアン，叔父との同居だった．母は耳が遠く無口で，家政婦として働き生計を立て，祖母が実質的な家長として振る舞った．

1924 年(11 歳)

小学校の担任教師であったルイ・ジェルマンの後押しに加え，奨学金も得て，アルジェのグラン・リセ(現リセ・エミール・アブデルカデル)に入学．級友たちとの付き合いのなかで自分の家の貧しさを意識するようになる．

リセ時代には，サッカーに興じ，ゴールキーパーをつとめる．またアルジェの中心街で肉屋を営んでいた叔父ギュスターヴ・アコーの豊富な蔵書に読書欲を満たされる．市立図書館からも本を借り出して読書に熱中する．バルザック，ユゴー，ゾラ，ジッド，マルローなどを読む．

1930 年(17 歳)

10 月，リセの最終学年である哲学級に進み，哲学者でエッセイ

ストのジャン・グルニエの講義に出席．グルニエは，カミュにとって生涯の師であり友となる．12月，結核に罹患し，ムスタファ病院にしばらく入院．闘病はこのあとも続き，以後公教育に職を得られなくなる．

1931年(18歳)

病身に栄養のある食事が必要なため，母の家を出て，アコー叔父宅に移る．10月，結核からひとまず恢復し，リセに復学．

1932年(19歳)

リセの生徒たちがジャン・グルニエの指導下に発行した雑誌『南』に，6篇のエッセイを発表，署名入りの最初に印刷されたテクストとなる．

1933年(20歳)

6月，アルジェの有名な眼科女医の娘，シモーヌ・イエとの結婚を望んでアコー叔父と仲たがいし，叔父の家を出る．このあと，ひんぱんに住居を変える．10月，健康上の理由で高等師範学校を目指すことをあきらめ，アルジェ大学文学部に入学．

1934年(21歳)

春，もう一方の肺も病に冒され，健康への新たな不安が生まれる．6月，シモーヌ・イエと結婚．

1935年(22歳)

5月，『手帖』を書き始める．8月または9月，ジャン・グルニエの同意のもと，共産党に入党．9月，スペインのバレアレス諸島で数日を過ごしたあと，友人たちと労働座を結成(1937年10月に仲間座と改称)，マルローの戯曲や古典作品の翻案を上演する．

1936年(23歳)

4月，集団制作『アストゥリアスの反乱』が，アルジェ市長の命で上演禁止となるが，戯曲は5月，アルジェのシャルロ書店から刊行される．同月，高等教育修了証論文「キリスト教形而上学とネオプラトニズム，プロティノスと聖アウグスティヌス」を提出してアルジェ大学を卒業．夏，中央ヨーロッパに旅行中，シモーヌの裏切りを知って別れることを決意．イタリアを経由してアル

ジェに戻る.

1937年(24歳)

5月, エッセイ集『裏と表』がシャルロ書店から出版され, これが初の単著となる. 小説『幸福な死』に取り組むが, 未完のまま残される. 7月, 共産党の方針転換に反発して離党(または除名). 9月, イタリア旅行.

1938年(25歳)

10月, パスカル・ピアに招かれて, 人民戦線の左翼勢力の支援を受け創刊された日刊紙『アルジェ・レピュブリカン』の編集に加わり, ルポルタージュ, 調査記事, 裁判傍聴記や, ジャン＝ポール・サルトル『嘔吐』, ポール・ニザン『陰謀』などの書評を書く.

1939年(26歳)

5月, シャルロ書店からエッセイ集『結婚』刊行. 6月,『アルジェ・レピュブリカン』紙に11本の記事「カビリアの悲惨」を発表. 9月1日, ドイツ軍がポーランドに侵攻し, 第二次世界大戦が勃発. カミュは志願するも健康上の理由で徴兵猶予となる.『アルジェ・レピュブリカン』の発行が困難になり, 9月, ピアとカミュは, 平和主義と無政府主義の新聞『ル・ソワール・レピュブリカン』を創刊. 翌年1月に発禁.

1940年(27歳)

3月14日, パリへ出発. ピアの口利きで,『パリ＝ソワール』紙に職を得る. 6月, ドイツ軍のパリ侵攻の直前, 同紙編集部はクレルモン＝フェランを経て, 9月にリヨンへ移る. 同月, シモーヌとの離婚成立. 12月3日, リヨンで一つ年下のフランシーヌ・フォールと結婚. 暮れに『パリ＝ソワール』を解雇される.

1941年(28歳)

1月, アルジェリアに戻り, フランシーヌの実家があるオランに住む. 時おりアルジェに出かける以外はオランで過ごし, 家庭教師をしたり, 将来の作品のための仕事をする. フランシーヌは代用教員として家計を支える.

1942年(29歳)

5月，ピアとアンドレ・マルローの強い推薦を受けて，『異邦人』がパリのガリマール社から刊行される(以後の著作もすべて同社から刊行)．初刷4400部．11月に重版．8月，結核療養のため，フランシーヌとともにフランス本国，ル・シャンボン＝シュル＝リニョン近くの村ル・パヌリエに住む．10月，エッセイ『シーシュポスの神話』刊行．初刷2750部．10月，フランシーヌはアルジェリアに戻るが，11月11日，ドイツ軍がフランス全土を占領し，カミュは出国できなくなる．

1943年(30歳)

6月，パリでサルトルに会う．11月，ル・パヌリエを離れてパリに移り住み，ガリマール社の原稿審査委員になる．年末，レジスタンス国民会議のメンバーに会う．

1944年(31歳)

3月，ピアの関わる地下新聞『コンバ』に参加する．5月，戯曲『誤解』と『カリギュラ』を一冊に合わせて刊行．6月，『誤解』マチュラン劇場で初演．舞台稽古中に，主演のマリア・カザレスと出会う．『コンバ』紙の編集長になり，8月のパリ解放後，多数の論説や記事を書く．10月，フランシーヌがパリに来る．

1945年(32歳)

5月，アルジェリアの危機に関して，『コンバ』紙に6本の記事を書く．9月5日，双子のカトリーヌとジャンが誕生．同月末，『カリギュラ』エベルト劇場で初演．10月，戦争とレジスタンスに関する考察の書『ドイツ人の友への手紙』刊行．

1946年(33歳)

3-6月，アメリカ合衆国およびカナダへ旅行．コロンビア大学での「人間の危機」をはじめとしていくつかの講演を行う．11月，『コンバ』紙に「犠牲者も否，死刑執行人も否」を8回にわたって連載．

1947年(34歳)

6月，『コンバ』紙から手を引く．同月10日，『ペスト』刊行．

初刷2万2000部．同作品で批評家賞受賞．9月までに9万6000部が売れる．9月，南仏リル＝シュル＝ラ＝ソルグにあるルネ・シャールの家を初めて訪れ，親交を深める．

1948年(35歳)

10月，ジャン＝ルイ・バローと協力して制作した『戒厳令』がマリニー劇場で初演される．

1949年(36歳)

6月末–8月末，南米旅行(ブラジル，ウルグアイ，アルゼンチン，チリ)．深い疲労とともに帰国，医者から結核が進行していると告げられ，1951年初めまでの長い休養が必要となる．12月，『正義の人びと』エベルト劇場で初演．

1950年(37歳)

カブリ(アルプ＝マリティーム県)，ヴォージュ地方，サヴォワ地方に幾度か滞在する．6月，『アクチュエル，時評1944–1948』刊行．

1951年(38歳)

10月，『反抗的人間』刊行．これに先立ち抜粋が発表され，アンドレ・ブルトンからの批判を皮切りに，いくつかの論争を引き起こす．

1952年(39歳)

5月，フランシス・ジャンソンが『レ・タン・モデルヌ』(サルトルが主宰する雑誌)に，『反抗的人間』への批判的論評を発表．8月，カミュは同誌において，直接サルトル宛てに答え，さらにサルトルがそれに答えて，二人は絶交に至る．年末には，アルジェリア南部を旅行し，しばし『反抗的人間』が引き起こした論争を忘れることができた．

1953年(40歳)

カルデロン『十字架への献身』とピエール・ド・ラリヴェイ『精霊たち』を翻案し，6月，アンジェ演劇祭において，マリア・カザレス主演で初演．東ベルリンの労働者の暴動に対するソ連の弾圧を批判する．10月，『アクチュエルII，時評1948–1953』刊行．

同月，フランシーヌが重い鬱病にかかる．未完に終わることになる小説『最初の人間』の執筆に着手．

1954 年(41 歳)

2 月，エッセイ集『夏』刊行．フランシーヌの健康状態に困惑したカミュは，もう執筆できないと友人たちに打ち明ける．10 月，オランダ旅行．11 月 1 日，アルジェリア戦争勃発．同月下旬，イタリアへ講演旅行．

1955 年(42 歳)

3 月，ディーノ・ブッツァーティの中編小説の翻案『ある臨床例』，ラ・ブリュイエール劇場で初演．4 月末–5 月，ギリシャへ初めての旅行．5 月，アルジェリアの状況や国際政治に関する時評などを書く目的で，『レクスプレス』誌への寄稿を始める．7 月末–8 月，イタリア旅行．

1956 年(43 歳)

1 月 22 日，アルジェにおいて「市民休戦」を呼びかける．2 月 2 日，『レクスプレス』誌に最後の寄稿「モーツァルトへの感謝」．5 月，『転落』刊行．初刷 1 万 6500 部．9 月，フォークナーの小説の翻案『尼僧への鎮魂歌』マチュラン劇場で初演．11 月，ソ連軍により弾圧されたハンガリーの反乱者のために発言する．

1957 年(44 歳)

3 月，短編集『追放と王国』刊行．6 月，アンジェ演劇祭において，『カリギュラ』の最新版の上演に立ち会うとともに，みずからが翻案したロペ・デ・ベガ原作の『オルメードの騎士』を演出．6–7 月，死刑制度に反対して，「ギロチンに関する考察」を『NRF』誌に発表，のちにアーサー・ケストラーとジャン・ブロック＝ミシェルとともに刊行した『死刑に関する考察』に収録．10 月 16 日，「今日人間の良心に提起されている問題にきわめて真摯に光をあてた重要な文学作品」に対してノーベル文学賞授与が発表される．43 歳という歴代 2 番目に若い年齢での受賞．フランシーヌとストックホルムへ行き，12 月 10 日，式典にて受賞記念演説を行う．

1958年(45歳)

1月，ストックホルムでの演説と，ウプサラ大学での講演「芸術家とその時代」を含む『スウェーデンの演説』刊行．3-4月，アルジェリアに旅行する．6月，それまでに書いたアルジェリアに関する文章をまとめて，『アクチュエルIII，アルジェリア時評，1939-1958』として刊行．7月初旬にかけて，マリア・カザレスら友人たちとギリシャ旅行．10月，南仏の小さな村，ルールマランに別荘を買う．

1959年(46歳)

1月，ドストエフスキーの小説の翻案『悪霊』，アントワーヌ劇場で初演．4月末よりルールマランに数回滞在するが，11月15日からの滞在が最後となる．『最初の人間』の執筆を進める．

1960年

1月3日，家族と列車に乗るのをやめ，パリに戻るためミシェル・ガリマールの車でルールマランを発つ．翌4日，パリの南東約100キロメートルのヴィルブルヴァンで，自動車事故のため，ミシェルとともに死亡．ルールマランに埋葬される．9月，母がアルジェで死亡．

1962年

『手帖，1935年5月-1942年2月』刊行．

1964年

『手帖II，1942年1月-1951年3月』刊行．

1971年

「カイエ・アルベール・カミュ」の第1巻として『幸福な死』刊行．

1989年

『手帖III，1951年3月-1959年12月』刊行．

1994年

「カイエ・アルベール・カミュ」の第7巻として『最初の人間』刊行．

主要参考文献

カミュの著作

Albert Camus, *Œuvres complètes*, Gallimard, « Bibliothèque de la Pléiade », tome I, II, 2006, tome III, IV, 2008.

カミュ全集，新プレイヤッド版，全4巻，ガリマール社．本書でのカミュの著作からの引用は，本全集に基づいている．

『カミュ全集』全10巻，新潮社，1972–1973年．

旧プレイヤッド版(全2巻，ガリマール社，1962, 1965年)に基づく邦訳全集．カミュの翻訳については本書コラム「日本語訳と「異邦人論争」」も参照．

往復書簡

Albert Camus - Jean Grenier, *Correspondance, 1932–1960*, Gallimard, 1981.(『カミュ＝グルニエ往復書簡 1932–1960』大久保敏彦訳，国文社，1987年)

Albert Camus - René Char, *Correspondance 1946–1959*, Gallimard, 2007.

Albert Camus - Maria Casarès, *Correspondance 1944–1959*, Gallimard, 2017.

事典，伝記

GRENIER Roger, *Albert Camus soleil et ombre. Une biographie intellectuelle*(1987), Gallimard, coll. « Folio », 1991.

GUÉRIN Jeanyves(dir.), *Dictionnaire Albert Camus*, Robert Laffont, 2009.

LOTTMAN Herbert R., *Albert Camus*, traduit de l'américain par Marianne Véron, Seuil, 1978.(H. R. ロットマン『伝記 アルベール・カミュ』大久保敏彦・石崎晴己訳，清水弘文堂，1982年)

TODD Olivier, *Albert Camus. Une vie*, Gallimard, 1996; éd. revue et

corrigée, coll. « Folio », 1999.（オリヴィエ・トッド『アルベール・カミュ〈ある一生〉』上・下，有田英也・稲田晴年訳，毎日新聞社，2001 年）

研究誌

Albert Camus, N°s 1–25, Brian T. Fitch（N°s 1–11）, Raymond Gay-Crosier（N°s 12–22）et Philippe Vanney（N°s 22–25）éd., Collection « La Revue des Lettres modernes », Lettres Modernes Minard, 1968–2009, Classiques Garnier, 2014–2023.

Études camusiennes, N°s 1–16, Hiroshi Mino et Philippe Vanney éd., Société japonaise des Études camusiennes, 1994–2024.（『カミュ研究』三野博司／フィリップ・ヴァネ編，日本カミュ研究会）

Présence d'Albert Camus, N°s 1–15, Société des Études camusiennes, 2010–2023.

研究書

ABBOU André, *Albert Camus entre les lignes*, Séguier, 2009.

AUROY Carole et PROUTEAU Anne（dir.）, *Albert Camus et les vertiges du sacré*, Presses Universitaires de Rennes, 2019.

CHAULET ACHOUR Christiane, *Albert Camus, le poids de la colonie*, Effigi Edizioni, 2023.

GUÉRIN Jeanyves, *Albert Camus, Littérature et politique*, Honoré Champion, 2013.

GUÉRIN Jeanyves, *Voies et voix de la révolte chez Albert Camus*, Honoré Champion, 2020.

LÉVI-VALENSI Jacqueline, *« La Peste » d'Albert Camus*, Gallimard, 1991.

LÉVI-VALENSI Jacqueline, *« La Chute » d'Albert Camus*, Gallimard, 1996.

LÉVI-VALENSI Jacqueline, *Albert Camus ou La naissance d'un romancier*, Gallimard, 2006.

MINO Hiroshi, *Le silence dans l'œuvre d'Albert Camus*, José Corti, 1987.

PINGAUD Bernard, *« L'Étranger » d'Albert Camus*, Gallimard, 1992.

PROUTEAU Anne, *Albert Camus ou le présent impérissable*, Editions Orizons, 2008.

REY Pierre-Louis, *Camus : L'homme révolté*, Gallimard, 2006.

REY Pierre-Louis, *« Le Premier Homme » d'Albert Camus*, Gallimard, 2008.

SAROCCHI Jean, *Le Dernier Camus ou « Le Premier Homme »*, Nizet, 1995.

SCHAFFNER Alain et SPIQUEL Agnès (dir.), *Albert Camus : l'exigence morale*, Éditions Le Manuscrit, 2006.

SPIQUEL Agnès, PROUTEAU Anne et BASTIEN Sophie (dir.), *Camus, l'artiste*, Presses Universitaires de Rennes, 2015.

SPIQUEL Agnès et PROUTEAU Anne (dir.), *Lire les Carnets d'Albert Camus*, Presses Universitaires du Septentrion, 2012.

竹内修一『死刑囚たちの「歴史」――アルベール・カミュ『反抗的人間』をめぐって』風間書房，2011 年.

千々岩靖子『カミュ 歴史の裁きに抗して』名古屋大学出版会，2014 年.

西永良成『カミュの言葉――光と愛と反抗と』ぷねうま舎，2018 年.

野崎歓『カミュ『よそもの』きみの友だち』みすず書房，2006 年.

松本陽正『『異邦人』研究』広島大学出版会，2016 年.

三野博司『カミュ『異邦人』を読む――その謎と魅力』彩流社，2002 年，増補改訂版，2011 年.

三野博司『カミュ 沈黙の誘惑』彩流社，2003 年.

三野博司『カミュを読む――評伝と全作品』大修館書店，2016 年.

図版出典一覧

第 1 章扉，第 5 章扉……著者撮影

図 1，図 3，図 6，図 7，図 8……Pierre-Louis Rey, *Camus: L'Homme révolté*, Gallimard, 2006, p. 16/p. 32/p. 50/p. 55/p. 78.

図 2，図 4，図 9，図 10，図 11……*Album Camus: iconographie choisie et commentée par Roger Grenier*, Gallimard, 1982, no. 50/no. 148/no. 404/no. 457/no. 477.

第 2 章扉，図 5……フランス国立図書館(Gallica)

第 3 章扉……Sipa Press/amanaimages

第 4 章扉……www.alinari.it/amanaimages

作図　前田茂実(巻頭地図)